日々季語日和

高田正子

コールサック社

日々季語日和

目次

I　耳を澄まして

春

夏

秋

冬・新年

II　出会いの季語

I　耳を澄まして

梅

うめ一輪一りんほどのあたゝかさ　嵐雪

さっきから庭にめじろが来ている。うぐいす餅の色をした、雀より小さな鳥だ。目の回りにくっきりした白い輪があって、ちいちいちゅりちゅりとかそかに鳴きながらちょこまか動く。

わが家は梅にめじろだね、などといっていたら、本当にうぐいすがやって来たこともある。間近に聞くホーホケキョを期待して待つこと数分。待望のその瞬間、わが小家は串刺しになったように震動した。野山に聞くのどかなあの声は、実は凶器めいた音量なのであった。うぐいすのほうも驚いたのか、以来絶えて訪れはない。

めじろが来るのは梅がぽつぽつ咲き始めたからだ。大寒を迎え、立春までの一年でもっとも寒いとされる時期であるが、三寒と四温が繰り返されるのもこのころである。俳句詠みたちは、咲き乱れるにはほど遠いが日に向いて開いた一輪だけの花や、はちきれんばかりのあまたのつぼみに出会うため、そぞろ歩きを重ねる。

嵐雪は芭蕉の高弟。江戸時代前期の俳諧師（一六五四〜一七〇七年）である。この句は、この時期に一度は口にするのではないだろうか。中には、梅が一輪一輪と咲くにつれ暖かさが増すとことわざのように解する説もあると聞く。確かに「日にち薬」にも通じる希望の匂いがする。

俳句として読むときは、「うめ一輪」で一度切るとわかりやすい。あ、咲き出した！見つけた！　と心弾ませているのである。そのあとに「一りんほどのあたゝかさ」と続けると、暖かさといってはいるが、実は寒いのだとわかる。たった一輪咲かせるだけの、でも確かに暖かさだと感受しているのである。

この句は、有名なだけあって複数の書物に載っている。例えば『玄峰集』（一七五〇年刊）には春の部に入っているが、嵐雪の一周忌追善集『遠のく』（一七〇八年刊）には「寒梅」と前書付きで収められている。つまり冬だ。幸い試験問題ではないので、季節を厳密に答える必要はない。咲き出した梅に目も心もほころばせながら、春本番を待つことにしよう。


（二〇〇九年一月三十一日）

立春

あかんぼのとんがり頭春立てり

辻　美奈子

胎教を信じる派と眉唾派、どちらが多いだろう。

私の場合、長女のときも次女のときも、人並に健康を願いはしたが、特には何もしなかった。男女の別も聞かずに通したくらいなので、具体的に願いようもなかったのだが。

ただ今から思うと、ふと頭の形の理想型について考えたことがあった。いや、子どものころ好きだったカチューシャが、どうしても頭になじんでくれなかった切ない思い出にひきずられた、他愛のない話にすぎないのだが。

ところが、誕生直後の喧噪がおさまってふと見ると、赤ん坊の頭が丸いではないか。特に後頭部が。ああ、もっといろいろ願っておけばよかった！　と思ったが後の祭。

こういうのも胎教というのかどうかは知らないが、何事もあなどってはいけない。

次女のときには、助産師さんに目からウロコの事実を教わった。頭の形でその子の生まれ方が分かる。帝王切開で生まれた赤ん坊の頭は、みごとにまんまるである、と。

長女は産道をくぐって生まれ出た。たしかに丸いが次女とは違う。腹切りは無念だったが、いきなりこの世の空気に触れた次女の頭は、地球みたいに丸い、そう思った。

出産物語は産婦の数だけある。大概の人はその時期を過ぎると関心を次に移していく。多くを見聞きしたはずが、結局は自ら体験したことのみが記憶となって。

一方助産師は、出産例を蓄積しながら腕を磨く。今日の作者はそういう〈霜の夜の生れくるものに貸す力　美奈子〉を備えた人である。句集『真咲』（二〇〇四年刊）から。

この句の「あかんぼ」は、おそらく産院の新生児であろう。「とんがり頭」は暗いトンネルを旋回しながら突破してきた証だ。あたたかな羊水の中で両生類のように呼吸してきた胎児が、ほ乳類としてこの世で最初の息をする。おぎゃー。

産院のあかんぼならば、豪勢にたくさん並んだところを想像したい。似て非なるとんがり頭があっち向いたりこっち向いたり。大きくなれよ。風はまだ少し冷たいけれど。

（二〇一二年二月四日）

受験

受験期の校門高く聳えけり

大串　章

ついこの間のように感じていたことが、ほんの数年ではるか昔の出来事としか思えなくなることがある。

たとえば現在十八歳の長女が生まれたときのことは、この二、三年で昔話の仲間入りをした。十五歳までは「大きくなった」としか思わなかったが、十六歳の誕生日には「十六歳！」と思い、翌年には「十七歳!!」、十八歳になったときには「もう大人だ」と世代交代を迫られている気分になった。ちなみに次女は、「十六歳！」まで秒読みに入った十五歳である。

そんな出花の娘たちがいるわが家は、現在気のもめるシーズンのまっただ中にある。十八歳と十五歳。そう、ふたりそろって受験生なのだ。

すでに霞のかなたへ飛び去ったわが受験期と比べて、今の受験は複雑である。オプションをたくさんつけられるパック旅行のように、判定法を重ねて出願することもできる。もちろんその分受験料はかさむ。この時期親にできるのは祈ることくらいであるが、がっしり閉ざされた鉄の門に、どうぞ開いてくだされと千社札を貼り付けている気分である。

今日の句は『山河』、二〇一〇年一月十日刊行のまだ湯気のたっている句集からの引用である。季語は「受験」。春の句である。作者は昭和十二（一九三七）年生まれだから、作品成立時（二〇〇七年）には孫世代が受験の年回りである。事実関係は存じ上げないが、孫の受験となれば祖父として見上げる校門は高かろう。

ただ、ここには「受験期の校門」とあるのであって、受験校の校門ではないところを読み取るべきかと思う。くぐってしまえば単なる出入り口に過ぎないものが、神殿の門であるかのように厳かだったころ、先の見えない不安というより、先が見えないからこその希望に胸がふくらみもした。そんな一切合切が、このとき作者の心をよぎったのではないだろうか。

わが娘も含めてこれから本番を迎える受験生にとって、もっとも長い二月が始まった。がんばれ、あと一か月だ。願わくはさくらのつぼみがほころび始めるころ、輝かしく門の開かれんことを。

（二〇一〇年二月六日）

三月

いきいきと三月生る雲の奥　飯田龍太

降って湧いたように忘れられない日を賜ることがある。三月一日はそんな一日となった。その日は長女の卒業式であった。だから忘れられないというほどかわいい親ではすでにない。ふさわしく粛々と進んでいたら、むしろ普通の一日として過ぎ去っていたことだろう。

先に家を出た娘が電池の入っていないカメラを持って行ったことに気づき、あわてる一幕もあったが、いつもは悪いバスから急行への乗り継ぎもよろしく、出だしは上々。と思ったところで電車が止まった。行く手で人身事故が発生したという。

行き着く方法はただひとつ。七キロほど南方を走る路線に乗り移ること。幸い乗り込んだタクシーの運転手氏が土地に詳しく、距離はあるが裏道を選べる駅に向かった。私が想定していた駅は、近いが幹線道路を抜けねばならず、かえって時間がかかるだろうとの判断である。

そして、この道を車が？　このスピードで？　と走ること二十分強。無事目的の駅に着いたのであった。

途中「子の神《ね》」というバス停を見つけたことから地名の話に花が咲き、また山道を登り切って視界が開け、林と畑が混在する川崎と横浜の市境とやらを走るうちに、なにやら愉快な気分にさえなってきた。

そのとき、空を覆い尽くしていた雲が切れた。さあっと日が満ちてきて思い浮かんだのが今日の句だ。「奥」のある「雲」だから、ボリュームのある雲だ。が、空だか雲だかわからないようなさっきまでの空模様ではなかろう。明るい空があって、質量の充実した雲もあって、そこへ日の光がまぶしい彩色をほどこしている、そんな感じだろうか。作者の第一句集『百戸の谿』（一九五四年刊）所収。昭和二十八（一九五三）年三月の作品である。

高校へは最寄りの駅から徒歩十五分。そこを十分で歩いて五分の遅刻。式はすでに始まっていたし、靴擦れでかかとが血まみれになっていたが、式場のすみの暗がりにすべり込み、ほうっと息をついたのであった。


（二〇一〇年三月十三日）

雛

雛飾りつゝふと命惜しきかな

星野立子

男性向け弁当箱が売れているという。景気の悪化が引き金らしいが、メタボ対策など健康志向の高まりも背景にあるようだ。ただそうした実用的な理由だけでなく、若い男性の間では自作の弁当持参がおしゃれになってきてもいるんだとか。もう、おばさんはびっくりである。

わが家では夫が家で仕事をする日に、娘たちの弁当とともにもう一食分を整える。むろん私が心おきなく外出するためである。が、先日私がダウンした際、娘たちは自主的に早起きして弁当を作り、父の分を置いて登校した。起きてきてそれを発見したときの夫の顔！　たまにはダウンしてみるのもいいかもしれない、と思う母であった。

そのときのように突然出力の下がることがあると、生まれて半世紀ほどが経過したことを思わざるを得ない。現代女性の身体年齢は実年齢の七掛と聞くが、私の場合は頭の中身に限る話のようだ。

今日の立子の句は、句集『春雷』（一九六九年刊）に収められている、昭和二十七（一九五二）年の作品だ。その年立子は四十九歳。もっと年長者の句かと感じるのは「七掛」のせいかもしれない。ただ、ここに「ふと」があることを見過ごしてはいけないだろう。俳句はふと感じたことを詠むのが本来だから、「ふと」はいわずもがなの言葉なのである。

雛の箱を開けると止めた時が流れ出す。やわやわとした紙の目隠しを解かれて、雛はほっと息をこぼすのだ。小さな吐息が重なって、室内の空気が早春の色に染まってゆく。毎年雛と向き合うことは、自分の命を確かめることにほかならない。雛を飾る華やぎの中で、五十歳を前に立子に兆した思いも、そういうものだっただろうか。

五年後〈春惜み命惜みて共にあり〉と詠んだときの立子の心持ちは、すでに「ふと」とは遠い。それが私のまさに今踏み入ろうとしている路なのだと、心にたたむ春である。

立子が亡くなったのは、昭和五十九（一九八四）年の雛の日。鎌倉市寿福寺にある墓所には、この句の句碑が建っている。


（二〇〇九年二月二十八日）

蒲公英《たんぽぽ》

蒲公英のかたさや海の日も一輪　　中村草田男

初めて作った俳句を、私は覚えていない。作っていないはずはないのに、記録も記憶も無い。

初めて書いた俳句の鑑賞文。こちらは鮮やかに覚えている。今は昔、中学三年生のときのことだ。

国語の授業で、教科書の俳句と短歌の中から好きな作品を一つ選ぶことになった。たしか短歌では、与謝野晶子、佐佐木信綱、宮柊二の三首に惹かれた。経緯は不明ながら俳句で書くことにして、加藤楸邨の〈寒雷やびりりびりりと真夜の玻璃〉と今日の草田男の句と、どちらにしようか最後まで迷ったのであった。

蒲公英を選んだ決め手は、たぶん色彩だったろう。びりりびりりと腹の底に響く迫力も魅力的であったが、同時に底知れぬ不安感にとらわれもした。一方、蒲公英と日輪の黄の光は、喜びをのみもたらす。私も健やかな中学生だったということである。

ところが鑑賞文を書くうちに、重大な誤解に気づくこととなった。中学校は大きな公園と隣り合っていて、広場には春、蒲公英や白詰草が咲き乱れるのであった。最初に私が思い描いたのは、まさにその景だったのだ。

しかし先生は、もっと長い文を書いてくるようにとだけおっしゃった。シチュエーションを考えながら、原稿用紙は一枚から二枚、三枚へと。何度も職員室へ足を運んだ。そして気づいたのだ。蒲公英は咲き切らないような風情で一輪だけ。でも海原の上の太陽と対等に呼び合っている、と。

昭和十三（一九三八）年犬吠埼で作られた句である。第二句集『火の島』（一九三九年刊）所収。草田男自身がレコードに吹き込んだ自解が残っていて、そこにはおよそこのようにある。「足元には咲き始めたとはいうものの、茎をのびのびとは伸ばさないで、風に吹きつけられたような一輪の蒲公英。春先の寒い海上にたった一輪の太陽」。それだけだけれど「早春の空気感だけは分かります」。

こんなに短い一行に、きゅっと詰めると全宇宙が入る。十五歳のこの気づきが、私の俳句の原点だと思っている。

（二〇一一年三月十日）

花を待つ

花待てば花咲けば来る虚子忌かな　　深見けんニ

辛夷《こぶし》の花が空高くはばたき始めたと思う間もなく、もう桜の世の中である。今年は桜の開花がずいぶんと早い。私の住む関東南部でも、彼岸を過ぎたあたりから予断を許さない状況になっている。

桜前線が気になる今の時期ほど、日本列島が南北に長いことを実感するときはないかもしれない。桜色の潮が南から満ちてくるのを思いながら眠りにつき、ともに北上して北海道を北へ抜ける夢を見るのは、私だけではあるまい。咲くのを待ち、散るのを惜しむ。日本人ほど桜が好きな人種はいないと聞く。できればさっさと咲いてしまうのではなく、じわじわ寄せてくる感覚をじっくり味わわせてもらいたいものだ。

今は昔、兼好法師は「花はさかりに、月はくまなきをのみ見るものかは」と書いた。「花」は桜である。俳句でも同様だが、こういう文脈における「花」とは、牡丹でも薔薇でもなく、まず桜の花である。満開の桜だけをありがたがるんじゃない、という法師の言葉はもっともで同感だ。ただ私の場合はものの情趣を解するからではなく、一〇〇％の状態を想像するのが楽しいからにほかならないのだけれど。

今日の句の作者は、高浜虚子晩年の弟子であった人。十代の終わりに入門し、永別するまでの二十年間弱、もっとも多感な時期を虚子門に過ごした。虚子が没したのは五十年前の四月八日。以来、虚子の説いた俳句の道を、静かにかつ実践的に歩む人である。

この句は句集『水影』（二〇〇六年刊）に収められている。今年（二〇〇九年）出版された句集『蝶に会ふ』にも〈歳月のかりそめならず虚子忌来る〉という句がある。私の来し方がすっぽり入ってしまうほどの歳月。確かにかりそめではない。そんな作者なればこそ、待たれる「虚子忌」であろう。

「花待てば花咲けば」とたたみかける叙法が切々と響く。花芽がつぼみとなり、ゆるゆる花開いてゆく。それとともに懐かしい師の面影が心に満ち、声が耳にたちかえるのだ。

（二〇〇九年三月二十八日）

桜

まさをなる空よりしだれざくらかな　富安風生

この季節になるとなぜか思い出す桜の一樹がある。なぜか、などというのは一度も満開の姿を見たことがなく、また直接足を運んだこともただの二度だからだ。

今は昔、大学のゼミで隅田川から江戸川にかけての一帯を一日がかりで歩いたことがある。隅田川沿いに七福神を巡りつつ、言問団子や長命寺の桜餅を食べ、江戸川の矢切の渡しでは生まれて初めて渡し舟に乗った。柴又の帝釈天にお参りしたかどうかは定かでないが、名物の草餅は確かにおいしかった。ゼミで学んだことは忘れたが、胃袋の記憶は断然しっかりしている。

千葉県市川市真間では継橋や手児奈の井を回り、最後に到ったのが真間山弘法寺《ぐほうじ》である。弘法寺の枝垂れ桜は樹齢四百年という。立派な葉桜の季節であった。風が通るたびに遠くから波が寄せてくるような音がした。富安風生の名と「しだれざくら」の句を知ったのはこの日である。ふり仰ぐと空が青かった。「まさおなる　そらより　しだれざくらかな」つぶやくと、みっしり花をつけた鞭のような枝が、いっせいになだれてくる気がした。この句は昭和十五（一九四〇）年刊行の句集『松籟』に収められている。

二度目は七年ほど前。娘ふたりを連れて行った。見頃を狙ったつもりだったが、予想外に開花が早く、すでに残花の趣であった。当時小一と小四の娘たちは、二度目の引っ越しと転校を控え少しナーバスになっていたが、風が無くても降ってくる花びらを追って、ころころ笑っていた。

数年前にひょんなことから知りあった人が、かの桜を「近所の桜」と呼ぶのを聞いた。近所なのに行ったことがないともいうので、そのうち子連れで落ち合うのも楽しいかも、と思っていた。その人はそのまま海外へ発たれ、私は私で日常に忙殺されていたのだが……。その人がかの地で亡くなったと聞いたのは、ちょうど一年後の桜のころだった。

いつのまにかさまざまな思いの重なる桜となった。今年もまた真間へは行けそうにない。

（二〇〇八年四月五日）

駅

雨のあと遠足が来て駅濡らす　　鷹羽狩行

もう十五年ほども昔のこと。うらうらとあたたかな日であった。ベビーカーに次女を乗せ、長女の手を引いて、最寄りの小さな駅のホームで電車の到着を待っていた。

ふいに背後の竹藪ががさがさと鳴り「出かけるところ？　帰るところ？」と問う声がした。驚いて飛び上がったのはいうまでもない。振り向くと、見知らぬおじさんが両手でたけのこを掲げていた。

「出かけるところ……」「ほな、持ってって。ベビーカーの籠、空いてるやろ」。

さぞかし要領を得ない顔で突っ立っていたのだろう。おじさんは駅のフェンス越しにたけのこを押しつけるように寄こすと、再び竹藪の薄暗がりへ戻って行った。

「たけのこ、もらっちゃった」「（駅の）お外からくれたねー」。

昼間の空いた電車に、たけのこと次女を載せたベビーカーごと乗り込み、ことことと揺られて行ったのであった。

その駅は大阪の、千里丘陵を北へ走る阪急電車の支線にあった。夫の転勤で初めて降り立った日は、春なのに丘陵を吹く風が冷たかった。丘陵を覆う変わりやすい空がさっと雨を降らすと、たちまちに濡れそぼつホームであった。

出かけるときはいつもその駅から。ひとりのときも、子を連れるようになってからも。

今日の句を読むと、遠い日のその駅を思い出す。句集『十友』(一九九二年刊)所収。季語は遠足。春の句である。私の記憶では、この句を雑誌に発表されたときに読んでいる。子も無く、職も離れて見知らぬ町へ来て、俳句だけが拠り所となりつつあったころだ。

俳句の景は私の思いとは逆に、大きな駅かもしれない。雨には濡れることのなかった駅を、雨に遭った遠足の子どもたちが、靴や傘で濡らして行ったというのだから。

濡らされたとき、駅はにぎやかでうれしかっただろう。が私は、痕跡だけ残して人が去ったさびしさのほうを、この句から嗅ぎとってしまう。きっと初めて読んだとき、私はさびしかったのだろうな。今では、懐かしい思い出。

(二〇一〇年四月十日)

春風

春風や人形焼のへんな顔

大木あまり

人形焼と聞いて連想する町はどこだろう。人形町か浅草か、はたまた錦糸町か。人形町の人形焼は七福神であるらしい。鳩や雷さまの形が思い浮かぶ私の頭の中には、浅草の観音さま界隈の雑踏が広がっていく。

今では信じられない話だが、私が上京したのは大学受験のときがほとんど初めてである。両親をはじめ親類縁者すべてが岐阜に住まい、たまに名古屋まで足を伸ばすくらいだったから、娘の受験には母が決死の表情でついてきた。そしてふたりでまず向かったのが、浅草の観音さまだったのだ。

受験と言えば天神さまではないか。なぜ湯島天神へ行かなかったのだろう。今となっては謎だ。が、母にとってはよい選択だった。娘が試験を受けている間、母は浅草の鳩と遊んでいたらしいから。

粟ぜんざいとか芋ようかんとか、私なら舌と胃袋が忙しいところだが、母のことだから、神妙にお参りをして鳩のえさを買うくらいだったのではなかろうか。あのときの母は今の私より若かったのだなあ、などと思っていたら、ふにゃけた顔つきになってしまった。

今日の句は句集『星涼』（二〇一〇年刊）所収。個性的な、凄味のある句集である。まず目をみはったのは比喩のうまさ。ことに直喩の多さである。三七七句の中に「ごとし」「ような（に）」が二十一句。直喩は禁じ手というわけではないが、初学の人は使わないようにといわれることもある。堂々たる確信犯ぶりは指摘するに値するだろう。〈干草は脱ぎたるもののごとぬくし〉。〈青芝や馬の背中を踏むやうに〉。陳腐でも突飛すぎてもいけない。直喩は難しいのである。

そんなことを思いながら読んでいたら〈鳩と遊ぶだけの浅草あたたかし〉に行き当たった。浅草の人形焼、召し上がったかしら。ひとつつまんで、口へ入れる前に指先に力を入れると、もともとゆるい表情がさらに崩れる。真向かっているこちらまで、へんな顔になってしまいそう。心もほころぶ春である。

（二〇一一年二月十九日）

春眠

春眠といふ恍惚のかたちあり　　仁平　勝

花粉が飛び始めると、気を失うように眠り込んでしまうことがある。ものの五分ですっきり目覚めることもあれば、たびたび目をあけながら、数時間にわたって現世に立ち戻れないこともある。

降りる駅の一つ手前までは確かに起きていて、もう眠ってはいけないと思いつつ、降車駅に滑り込む瞬間まで意識が飛ぶこともある。いまだ乗り過ごしたことの無いのが不思議なくらいだ。

三月十一日、恐ろしいことが起きた。暁を覚えぬどころか、朝まで揺れを感じることなく眠れることがありがたい春である。神奈川に住む私ですらそうだから、被災地の暮らしは想像するに余りある。

うらうらと暖かな昼下がり、水辺に眠る家鴨《あひる》を見た。鳥の眠る姿はおもしろい。首が長かろうと短かろうと、くちばしを背中に器用に突っ込んで見事に丸くなる。日の光の中で、家鴨は自ら発光する珠のようだった。ぬくもってふんわり漂いだしそう。しばらくうっとりと見入るうちに、ふと思った。人もまた母の胎内に過ごす間は、こんなかたちをしているのではないか、と。

恍惚とは恍も惚も心ここにあらずの状態をいう。ひと目惚れの惚でもある。老いのひとつの形態をさすこともあるが、つまりそうやって人は赤子に還っていくということなのかもしれない。

今日の句は句集『黄金の街』(二〇一〇年刊)より。表紙には新宿のゴールデン街がモノクロ写真であしらわれ、章立てが「世代論」「国家論」「転向論」などとなっている、団塊の世代の遊び心が満載の句集である。

この句は〈寝たふりをして木枯の音を聞く〉や〈起きる夢見ながら朝寝してをりぬ〉とともに「疎外論」に収められている。となると、がぜん気になってくる。恍惚のかたちに気づいたとき、作者がどういう状況にあったのかが。気づくとは、心ここにありということ。恍惚の対極ではないか。

春眠から疎外されてしまうのは切ない。すべての生きとし生けるものに、再び恍惚たる眠りを。

(二〇一一年三月二十六日WEB掲載)

少年

風五月少年憎きまで育ち

福本木犀子

ご家族は？　などと尋ねられる機会はめったにないが、そういうとき、つい「娘ふたりに文鳥一羽。夫がひとり」と答えてしまう。とっさに繕えぬ現実。わが家でいちばん威張っているのは、この娘ふたりなのである。

もうすぐ六歳になる文鳥は次女によると「人間ならそろそろお母さんを超えるくらいのおばあさん鳥」なのだそうだ。そういわれてみれば、最近羽の艶が……、と思わず鳥と見つめあう。いやいや、子育て繁忙期の終わった今からが華なのよ、とあわてて自らにいい聞かせてもみる。

繁殖期だの子育て繁忙期だの、いろいろなジャンルから言葉を借りて自分の今を表してきたが、母として子を一方的にリードする時期は、確実に去ったと自覚している。朝、弁当を持たせて送り出せば、あとは夕方駆け戻って来てごはんを作りさえすれば文句は出ない。長女、高校生。次女、中学生。いつのまにこんなに大きくなったのか。母は昼間の時間が長くなった。

「私、子ども産まない」と長女。「なぜよ」「だって子どもって最悪じゃん」。親に似ぬ良い子を産みたまえ。「私、子ども好きだから産む。だけど結婚しない」は次女。母は何もいうまい。返答の義務と権利は父に譲ろう。

木犀子のこの句を読むと、薄着になって手足の露出した少年の姿が思い浮かぶ。そろそろ青年になろうとする時期の彼らの勢いはすばらしい。毎朝起きてくるたびに背が伸びている、といっていた友人もいる。その姿を前に思わず抱く憎さとは、これはもう頼もしさにほかならないだろう。「風五月」のすがすがしさが、前向きな賛辞であることを示しているようだ。

この句は句集『蟻』（一九六三年刊）に収められている。句集を読む限りにおいては、木犀子には娘がふたり。息子はいなかった模様だ。開業医でいらしたようだから、幼いころから診てきた少年に久しぶりに会うことがあって、その成長ぶりに息を呑み、目をみはったということかもしれない。思わずこぼれる笑い声が、五月の風に乗る。

（二〇〇八年五月十日）

新茶

新茶汲みたやすく母を喜ばす　　殿村菟絲子《としこ》

お茶が好きである。日本茶に限らず、茶と名のつくものはいろいろ試している。今パソコンの脇にあるのは、プーアール茶だ。ハイビスカス入りだとかで、そこはかとなくよき香りがする。華のある香りといえばよいのだろうか。少し塩味を感じるソバ茶やハト麦茶も、ポットに仕込んでかたわらに置くことが多い。

新聞を読みながら飲むのはコーヒーである。今日は一日家にいるという日の朝、片づけものを済ませて、さて、と豆を挽く。もしかするとコーヒーそのものより、この一手間が好きなのかもしれない。

そうはいいながらも、ほっとしたいときに淹れるのは緑茶である。緑茶だけはながら飲みをしない。色が変わらないうちに、一事専念して飲み干さなくては。

さて、まもなく五月。新茶の季節である。初物好きの日本人のひとりとして、とりわけこの季節を楽しみにしている。花粉症になってからは、別の意味でも待ち遠しくなった。そろそろ檜の花粉がシーズンオフになるからである。

あわてん坊のそこつ者だが、新茶を淹れるときだけは注意深くなる。熱からずぬるからずのさみどりの液体を、とろとろと最後の一滴まで注ぎきって、湯気と一緒に押し戴く。体のそこここに溜まったいけないものが、雲と消えるような気がする。

今日の句は句集『絵硝子』（一九五二年刊）より。このとき作者は四十歳代前半だから、「母」は還暦過ぎくらいだろうか。

娘が子を持ち母となっても、その母とは永遠に母娘である。が、当然の権利のように与えられ守られていた立場から、ひとたび与え守る側に身をおくようになると、その母との関係も心持ち変わる。母が老いて小さくなっていくにつれ、娘は大きくなっていくが、大小が逆転しきることはなく、微妙な割合で守られつつ守る関係に着地する。

それにしても、母とは自分に向けられた厚意の光線になんと敏感なことか。ふるさとを離れ暮らす私としては、せめて一番茶の一袋なりと送ってみることにしようか。

（二〇〇九年四月二十五日）

薔薇

バラ散るや己がくづれし音の中　　中村汀女

わが庭に薔薇と名のつくものは、お向いの庭からやってきた白花の「もっこうばら」だけである。それまで黄の花しか知らなかったから、珍しいものですか、きれいですね、とほめたら挿木をしてくださったのだ。とげもなく、薔薇というより山吹に似た懐かしい風情で、なだれるように咲き香る。花期はほかの薔薇より早く、今年はすでに咲き終えたところだ。

八年前、初めての庭となる小さなスペースを前にあれこれ考え、薔薇は植えないと決めた。まず柚子を植えたかったし、ハーブや野菜の花にも興味があった。薔薇は、薔薇だけを愛さなければ、きっととげを震わせて怒るだろうと思ったのだ。ご厚意のもっこうばらは、何よりとげのないところに安心できたのかもしれない。

梅、ゆすらうめ、桃、花海棠……。木の花が好きで、植えたこれらはみなバラ科である。

よそで見ることにしている桜もバラ科。桜はたいへんだからと、代わりに植えたさくらんぼもバラ科。また、今や飛び火し放題のワイルドストロベリーや庭中を泳ぎ回って移動するラズベリーもバラ科のようだ。なんのことはない。バラ科バラ属の薔薇は植えなかったが、結局バラつながりに魅せられている私であったのだ。

今日の句は句集『紅白梅』（一九六八年刊）より。大輪の「バラ」が一輪崩れてほどけ散った、その瞬間の驚きがスローモーションの映像付きで味わえる句である。汀女はこの音を「自分の心がそこにくずれたよう」と書いている。その刹那、汀女自身が「バラ」になりかわり、痛みを感じたということであろう。

スポットライトは崩れたただ一輪に当てられているが、あふれんばかりに豪勢に生けられていたことだろう。今わが家の食卓には、母の日に娘から贈られた一輪があって、切り戻しながら大切に眺めている。最後は花の部分だけに詰めて、小さな器に浮かべる。したがって水の上で静かに崩れることになるだろう。「くずれし音」を聴くほどゴージャスではないが。

（二〇〇九年五月二十三日）

蛍

葉先より指に梳きとる蛍かな　　長谷川　櫂

雨は好きである。むしろ空調の効いた室内で過ごすと、芯までからびる気がして嫌だ。私は青蛙のように、濡れた空気が好きなのである。

梅雨が近づいてくるとアグレッシブな気持ちになる。雨のたびに膨張する草や木を見ていると、ぞくぞくする。晴れる気配を嗅いで、家中の干し物をするのもまたいい。天気予報にかかわらず、間隙をぬって最後の一枚まで干しあげ、収穫物に囲まれたときの喜び。もっともそのあとの片づけは全く好まないのだけれど。

梅雨が好きな理由はもうひとつある。蛍である。

濃尾平野の一角で生まれ育ったが、子どものころ蛍を見た記憶が無い。田も畑も遊び場所だったが、田に水が張られるころになるとあたりが異様な匂いに包まれ、おたまじゃくしもザリガニも姿を消した。農薬である。小動物の囁きに代わって耕運機や田植機がうなりだすと、子どもの遊びの領域はぐっと狭くなるのが常だった。

だから、ふたりの娘たちには、幼いうちに蛍の記憶を与えたいと思った。

次女が三歳になった年だったろうか。当時は大阪・千里の万博記念公園の近くに住んでいたが、その日本庭園を夜も公開して蛍を放流するというお知らせを見つけた。いささか人為的だが、幼い子の夜の外出には無理のない距離だ。指折り数えて、当日大嵐の予報が出てしまったが、装備を固めて出かけて行った。

娘たちは初めての夜のお出かけに大興奮であった。慣れ親しんだはずの公園の「太陽の塔」が怖いといって、そのときだけ次女は「抱っこ」になってしまったが。雨はまだ激しくない。奥へ進むにつれ増える蛍に、娘たちは固唾を吞んでいる様子。一匹を掬いとって長女の手に移すと、明滅を繰り返しながら黄のカッパの袖口から這い上がっていった。

「蛍って息をするとき光るんだね」。長女がいった。

長谷川櫂の句は平成四（一九九二）年刊行の『天球』所収。髪をくしけずるときに使う言葉が詩の言葉になった。葉の形や指のしぐさがぞくっとするほど見えてくる。

（二〇〇八年六月七日）

擬宝珠の花

熱の目に紫うすきぎぼしゆかな　　飯島みさ子

梅雨のこの時期に思い出す句集がある。『擬宝珠』（一九二四年刊）。著者は飯島みさ子というう若き女性であるが、両親により遺句集としてまとめられた一集である。擬宝珠といっても橋の欄干のギボシではなく、花の名前である。ギボシ、ギボウシということが多いが、ギボウシュの読みもある。みさ子さんはギボシュと呼んでいたようだ。してみると句集名は「ぎぼしゅ」となろう。

園芸のカタログを見ると、紫のほかに白やピンクなど色もいろいろ、芳香を漂わせる種類もあるようだ。

わが家のはおそらくみさ子さんが見ていたのと同じ種類だ。梅雨に入るころ、ドーム状にこんもり茂った葉の間からするすると緑の花茎をもたげる。今年はすでにざっと十四、五本は立っている。咲き始めると、梅雨のけぶったような雨の向こうに、毎朝新しくうす紫の花を揺らす。

　飯島みさ子は大正期の女流俳人である。高浜虚子が主宰する俳句結社「ホトトギス」に所属。生後まもなく罹った病のため、生涯手足が不自由であった。十三歳のころ母と俳句を始めて熱中し、十代で虚子が選をする投句欄の上位常連作家となった。

　行動範囲の限られたみさ子の俳句は、おのずと家族を詠んだものが多い。中でも「母」は頻出。〈母の留守木犀の香に眠りけり〉、〈母の草履により添ひぬぎぬ藤の茶屋〉、〈木の芽雨母追うて傘参らせぬ〉などなど。

　娘を慈しむ母と母を慕う娘。めまいがするほど羨ましい。

　大正十二（一九二三）年、みさ子は流行中のチフスに罹り、あっけなく亡くなってしまう。享年二十四。両親は約十年間の作品をまとめ、一周忌のころに刊行。装丁は杉浦非水。当時の気鋭のデザイナーである。まっ赤な地に擬宝珠の図柄を大胆にあしらった意匠は、乙女の着物を思わせる。両親は娘に晴着を着せる思いでこの本を作り、抱きしめたことだろう。

　この句集を読むと、みさ子さんがわが娘のように思えてくる。みさ子さん、一八九九年生まれなのだけれど。

（二〇一〇年七月三日）

祇園祭

くらがりへ祇園囃子を抜けにけり　　黒田杏子

コンコン　チキチン　コンチキチン。祇園囃子が風に乗ってどこからともなく聞こえて来るころになると、京に生まれ育った人はすべからく血が騒ぎ出す、といつかどこかで読んだことがある。私の祇園祭へのあこがれに似た気持ちは、今思えばそのときから始まったような気がする。

二十世紀の末、数年を大阪に暮らした。ふたりの娘が生まれ、京都の近くに住みながらもいつのまにか祭が過ぎている年月を過ごしていた。

長女が幼稚園に上がるころ、あるお誘いを受けた。聞けば鉾町を吟行（俳句を作る目的を持って散策）し、そのあと句会をするというではないか。地元に住むってすばらしい。いろいろな縁が重なって、そんな機会が降ってきた。しかも、このときも含めて何度か顔を合わせていた同年代の主婦たちで、そのあとしばらくして子連れ吟行グループを立ち上げることにもなったのである。

このグループ、名を「両手の会」という。今は両手で子等の手を引いているけれど、いつか両手でがっぷり俳句をつかもうね、という主婦の願望がこもったネーミングだ。引越しのため私は同行できなくなったが、手段を通信にかえて今も句会を続けている。

二〇〇四年の歳晩、田中裕明という若手でトップを走っていた俳人が亡くなった。彼はまた「両手」のメンバーの配偶者でもあったから、私たちは慌てうろたえた。が、そのとき以来なのである。日ごろはメールでのみつながっている私たちが、毎年祇園祭の京都で会うようになったのは。

二〇〇五年、初めて宵山の提灯に灯が入るのを見た。むっとする京都の薄闇が一気に華やぎ、夜が降りてきた。翌日の巡行の日和を祈る神楽の音色が響き合う中、私は黒田杏子のこの句を思い出していた。この句は句集『水の扉』（一九八三年刊）に収められている。作者がその年の私の年齢のころ詠んだ句である。

今年ももちろん、何はさておき飛んで行く。四回目の今年は、十二日に「鉾の曳き初め」を見るのだ。


（二〇〇八年七月十二日）

メロン

新婚のすべて未知数メロン切る　品川鈴子

マスクメロンか、それともプリンスメロンか。「新婚」の甘いムードに浸るより「メロン」が気になる私である。

いちばん古い記憶にある私のメロンは、昭和四十年代のプリンスメロンである。わが家にマスクメロンの到来が無かったわけでもないが、「高い割においしくないわねえ」という母の表情ばかりを思い出す。また、洋菓子店のガラスケースに貼り付いて、ときに選び出すことのあったメロンのショートケーキには、たしかに薄緑の台形のかけらが乗っていたが、これもまた味より雰囲気のものだった気がする。

子どもの私にも自ら食べごろを見極め、好きに切り分けることが許された程度にチープなプリンスメロンこそが、やはりわが少女期のメロンなのである。

今日の句は昭和三十七（一九六二）年の作。作者の第一句集『水中花』時代にあたるが、句集には収められておらず、引用は『自解100句選　品川鈴子集』（一九八七年刊）より。

　作句当時のメロン事情は定かでないが、ざくざく切ったのでは新婚のかわいげが出ないうえ、未知数でも何でもなくなってしまう。ここはやはり、希少で高価なマスクメロンを切ったのでなければならないだろう。

　自解に「巨きな心配事を抱えて、むしろ歓びよりも不安の未知数」とある。癌に侵された恋人と、いつ別れの日が来るかわからない不安を抱きつつ、結婚生活をスタートさせたのだそうだ。当時の句に〈恋雀婚約のこと父母知らず〉がある。雀の恋に自分たちの姿を投影するのはかわいらしいが、事態は深刻だ。私はとっさに自分の娘たちのことを考えてしまい、すでに完璧に「父母」の世代に入っていることを悟ったのであった。

　作者はご伴侶と三十年連れ添うことができたという。新婚のころには予想のできなかった年数ではあろう。まさに未知数。当事者の立場で詠まれた句だったが、父母世代の私としては、年配者が若いカップルに贈る句として読んでも味わいがあるように思える。先が見えないからこそ面白いのよ、と。


（二〇〇九年六月二十日）

夏休み

大きな木大きな木蔭夏休み

宇多喜代子

海に散骨して欲しいと、つかこうへいさんは遺言されたそうだ。思わず自分だったら、と考えた。閉ざされた空間は嫌だ。が、私は木蔭で眠りたいと思った。

身の回りを見渡して近ごろよく思うのだが、人には海族と山族がいる。カジュアルに海派山派というより、もう少し深い部分で海山とつながる。海の無い県に生まれ育った私は完璧な山族だ。

ただ、棲み分けながらもお互いの環境が気になる。神話の世界にも海幸山幸の例がある。山幸は海幸の釣り針を借りて漁に出る。当然不首尾に終わるが、そこには限りなく広く深い海へのあこがれが、畏れとともにあったかもしれない。あるいは、太古の海で誕生したころの記憶のかけらが呼び覚まされた、とか。

大学の講堂の前に立つ大きな木の蔭に入って、海のような木だと思ったことがある。私の体内には真水しか無いと思っていたから、不思議な形容に我ながら驚いたが、蔭にすっぽり包まれた瞬間、体内の水の壺があふれたのかもしれない。

今日の句は句集『象』（二〇〇〇年刊）所収。山族の私には、この句は山の匂いがする。蔭の大きな木は、鎮守の杜のくすのきだろうか。ジブリの映画「となりのトトロ」で、さつきとメイの姉妹がトトロに出会ったような。

この句のキモは、大きな木、大きな木蔭とたたみこみ、最後に「夏休み」と置いたところにある。それによってまず蟬の声が聞こえてくる。駆け回る子どもたちの姿が見えてくる。静謐な世界に音が加わり、画面が動き出すのである。

鎮守の杜に到る道の両側には青田が広がり、たくましく育ってきた稲が、さわさわと鳴っていることだろう。暑さで田水が沸いて、ぷくりぷくりといっていることだってあるだろう。

「夏休み」は季語である。季語は私たちの記憶の底に眠っているものを呼び覚ます。海族も山族も、それぞれの夏休みを懐かしく思い出しつつ、どうぞ健やかなる夏を。

（二〇一〇年七月三十一日）

羽抜鶏《はぬけどり》

そこばくの羽根風に立ち羽抜鶏　　奥坂まや

八年と半年をともに過ごした白文鳥をこの春に送った。考えてみると鳥類とは縁の深い来し方である。八年半の間には、ほかにも脱走したのが一羽、飛来したのが一羽。田舎住みの子どものころにまでさかのぼれば身辺は一層にぎやかで、おそらく鳥の声のない暮しを私は知らない。

それでも幼いころは、反応のより顕著な犬や猫のほうが好ましく、登下校ルートの犬地図が描けるほど寄り道三昧の日々であった。

たしかに犬や猫は鳥より人に近いのだろう。鳥の尖った口もとや木の枝のような脚は人のものとはほど遠い。ぴっちりと体を覆う羽根も心をブロックしているかのようだ。が、鳥もなでてやると脱力して体を預けきり、喉を鳴らす。「お手」の言葉こそ解さないが、似た仕草はするし、なめてかかってよい相手といけない相手を見定めているのも同じだ。

うっかり間違えて嚙んでしまったときには、小さくなってごめーんと上目遣いでこちらを見る。

ただ羽根の抜けかわる時期だけは、いらいらと怒りっぽくなる。羽毛をまき散らしながら実に不機嫌そう。やがてピンフェザーと呼ばれる羽根の芽が生えてくると、だんだら模様に拍車がかかる。梅雨をはさんだ今ごろは、見ていて気の毒、触れると痛い、扱いの難しい時期なのである。

今日の句の季語は「羽抜鶏」。文鳥以上に無惨な姿の鶏である。残った羽根が、びょうと吹かれて立ち上がったりして。

この時期の鳥類を「羽抜鳥」というが、鶏だけを指して「羽抜鶏」と表記するのは、大型でより人間くさいからだろうか。〈人間と暮してゐたる羽抜鶏　今井杏太郎〉、〈母呼べば馳せてくるなり羽抜鶏　日原　傳〉など哀しくも愉快な句がたくさんある。

この句の出典は句集『妣《はは》の国』（二〇一一年刊）。妣とは生前には母と呼んだ存在。私より少し年長の作者は、師匠をはじめ「夫の父母、私の父母、親しかった友達も幾人か喪い、死者の世界がとりわけ近く思われるように」なったとあとがきに書いている。

（二〇一一年七月十六日）

短夜

短夜や乳ぜり泣く児を須可捨焉乎《すてつちまをか》　竹下しづの女

夜明けの美しい季節となった。空気の層がブルーの絵の具を薄く流したような色になってくると、雀たちがそろそろ騒ぎ出す。ああ、朝だ、と思う。

春はあけぼのというけれど、春の朝は眠い。紫だちたる雲は美しいが、春の色は総じてパステルカラーで白が混じっているから、明るいが透き通ってはいない。

夏は夜というのも、単身でふらつけるおとなのいい分だ。早く寝なさいといわれる子どもや、子どもを早く寝せたい母には、絵に描いた餅にすぎない。

別に消去法で夏の朝が好きになったわけではない。きっかけは長女を生んだ年にさかのぼる。明け方に乳をふくませ、寝入っていく重みを確かめながら窓に寄ると、そこには満々と青い空気がたたえられていた。程なく日が差してきて、殺風景な風景に戻ってしまうのが常だったけれど。

赤ん坊はのべつまくなしに泣くわけではない。最初の三か月ほどは三～四時間おきに目覚め、飲んで出して満ち足りるとまた眠る。が、おとなの世界の三～四時間は長からず短からずでリズムに乗り切れないうえ、周りへの気兼ねもある。乳の出が悪くなると、赤ん坊のリズムも狂う。なかなか一筋縄ではいかない。

今日の句は、母親なら誰もが一度は抱く思いの丈を、大胆に表明した作品。この句を含む七句は大正九（一九二〇）年「ホトトギス」八月号の巻頭となった。「ホトトギス」は高浜虚子の主宰していた俳誌で、入選したら赤飯を炊いて祝うといわれたほどの存在（今日それほどの俳誌は残念ながら無い）。しかも作者は前年に俳句を始め、投句を始めたばかりの新人だった。

この一件の社会的背景とその後の反響、影響については簡単には語れない。ただ、ここにある母親の感情は時代を超えて不変である。ああもう捨てちゃうぞ、と叫びながら、こんなかわいい子、捨てられるわけがないじゃないの、とぎゅっと抱きしめている句なのだから。

この句を収める句集『颺《はやて》』は昭和十五（一九四〇）年の刊行である。

（二〇〇九年七月十八日）

飛天

涼しさや飛天の見する土不踏

飴山　實

わが家には獅子座の女がふたりいる。獅子座の女が一般にどういうものとされているのかは知らないが、わが家のは色気とは無縁だ。

獅子座その一。部活の朝練に参加するため、朝六時過ぎのバスで出かける長女である。寝ぼけながら起きてきて、まずテレビをつける。静かだった居間に、バラエティー番組のような色と音があふれ出す。彼女の説によれば、このチャンネルがいちばん時計の表示が見やすいのだそうな。星占いのコーナーでは毎日十二星座がランキングされている。「お母さんの運勢、今日は最悪だって」。獅子座が十二位のとき、彼女はこういって出かける。獅子座その二は私なのである。悪いことは分かち合おうという意味ならよいのだが……。

長女の誕生日は八月七日である。今年もつつがなく一つ年をとったところだ。この日は立秋にあたることが多いが、年によっては、夏の最後の日になることもある。十七年前もそうだった。長女を授かったとき、私は夏の季語である「涼し」を選び〈涼しさや赤子にすでに土踏まず〉と詠んだ。

三年ほど後、初めての句集を編んだ。この句集が縁となって新たに出会った人々の中で、私が最も影響を受けたのが飴山實氏である。よく研がれた繊細な刃物のような言葉づかいに触れるたび、自分のなまくら加減を思い知らされるのが常であった。

ある日「こんな句ができた」と氏から飛天の句を示された。傍らの夫人が「あなたの赤子の句に触発されたそうよ」とそえられた。空中を飛行する天女の羽衣が翻って、裾からちらりと土不踏が見えたりしたら、それはそれは涼しかろう。眼福眼福。赤子の句と言葉は重なっているが、アングルは全く逆である。

しかしそのとき私がどう答えたのか、まるで記憶にない。「土踏まず」は「土不踏」と書けばよかったのかあ、などと考えていたのかも。きっと足が地に着かぬ思いであったことだろう。この句は句集『花浴び』（一九九五年刊）に収められている。氏の生前最後の句集である。

（二〇〇八年八月九日）

山椒魚

おい元気かと半裂を覗きけり　　茨木和生

半裂《はんざき》などと恐ろしげな命名をされてしまったのはオオサンショウウオである。体を二つに裂いても命を保つからだとか。本当かしら。

もっとも作者が「おい、元気か」と声をかけたのは、手負いだからでも、穴から出られなくなって悲しんでいるからでもないだろう。いつもの渓流にいつもいるなじみの半裂か、自宅に飼う半裂か、*ともあれ池の鯉や水槽の熱帯魚に声をかけるのと同じトーンで話しかけているのである。

かつて井伏鱒二が、短編小説『山椒魚』で、主人公の山椒魚に悲しんだり嫉妬したりする人格を与えたように、我ら俳句詠みも、山椒魚に強い親近感を覚える。ペットになりそうな動物に対するのとは少し違うが、やはり一種の愛情を両生類や爬虫類に対して抱く。

私自身も、亀や蛙、蠑螈《いもり》、守宮《やもり》にとどまらず、かつて冬眠明けの蛇と目が合って思わず

「美しい」と嘆息して以来、彼らには造形的な美を感じるようになった。さすがに真夏の蛇には寄れないけれど、そのむんむんした生命力には圧倒されるし、庭先をちょろちょろし始めた蜥蜴の瑠璃色のしっぽも欲しくてたまらない。

関心を持つということは、大切にするということだ。今日の句は句集『山椒魚』（二〇一〇年刊）からの引用。作者は、山椒魚が棲むような地に「しばらくいると、新しい命を授かるように思えてくる」という。人々が営々と重ねてきた暮らしの場を見、その中でつかんできた「生活の知恵を見直してみたい」とも。

タイトルにもとらず、この句集には山椒魚の句が十一句収められている。〈雪濁りせり半裂の水槽も〉。〈岩ふたつ入れし水槽山椒魚〉。やはり水槽をお持ちなのかも。〈半裂の手触り触れずとも判る〉。〈どれどれと貌の識別山椒魚〉。よその山椒魚も自分ちのと同じくらいかわいい。環境保護を訴える以前の、基本の姿勢でもある。


（二〇一〇年五月八日）

＊大山椒魚は個人では飼えません。

白玉

姉妹白玉つくるほどになりぬ　渡辺水巴

いい匂いがしてきた。ケーキの焼ける匂いだ。さっきオーブンに種を仕込んできた。今日は次女の誕生日なのだ。ケーキを焼くようになったのは、娘たちが生まれてからだ。行事や家族の誕生日を追っていけば、ケーキを焼く理由など難なく見つけられる。ほどなく娘たちが作る側に加わり、今日は友だちが来るからといってはクッキーやプリンを作るようになった。

夏には白玉もよく作った。はじめは水だけでこねていたが、冷やすとかたくなるので小麦粉や豆腐を混ぜて試してみた。そうこうするうちに、作りやすい分量がわかってきた。

ボールに白玉粉を一袋分入れる。まん中にくぼみを作って絹ごし豆腐を一丁、そのまま入れて手でつぶしながら混ぜる。あとは水を少しずつ加えながら、ほどよい感触になるまでこねるだけである。

この、ざざーっ、どん、ぐちゃぐちゃ、こねこねに、娘たちが参加しないわけがなかった。丸めるときも粘土遊びの延長でいろいろな形を作る。しまいにはヘビとか、とぐろを巻いたソフトクリーム？　とか。まあ、茹であげるまでは楽しくてよいのだけれど。

今日の句は『水巴句集』（一九五六年刊）より。昭和二十一（一九四六）年の作品。水巴は同年八月に亡くなっているから、末期の目で詠まれた句といえるのかもしれない。編纂は夫人の手に拠る。〈白玉の滲まぬ紅のうひ〳〵し〉と並んでの所収。渡辺家には白玉に紅を差すならいがあったのだろうか。

水巴が創刊した俳誌は現在次女の恭子氏により継承されている。さきごろ〈母遠忌白玉作りつづけ来て　恭子〉（「俳句」二〇〇九年九月号）という句を拝読した。以前〈母の忌や白玉つくるだけのこと〉、〈母の忌の白玉に紅ほんのりと〉（句集『餅焦がす』二〇〇五年刊）とも詠んでおられたから、渡辺家にとって白玉はすでに菓子の存在を超えたものになっているのだと感じ入ったのだった。

娘たちが大きくなって、わが家ではとんと白玉を作らなくなった。ふつふつとたぎる湯の中に白ヘビの泳ぐ景が、妙に懐かしい。

（二〇一〇年六月五日）

やもり

わが家には壁虎*の守りあるからに　　中原道夫

つるんと何も無い所に小家を建ててはや十年。いつのころよりか風呂場の窓にやもりが現れるようになった。

初めて気づいたとき、思わず声が出た。風呂からあがって当時中学生と高校生だった娘たちに話すと、見たことがないという。それは大変、と即座に戻ったが、姿を消した後だった。

次に逢ったときはすぐ呼んでよ。裸でも？　裸でも！　そんな無茶な約束をした数日後の真夜中、窓に張り付く小さな影。来てるよー。

頭を三つ寄せ合って、窓にしのび寄る。小刻みに息づく小さな腹、指先のふくらみ。カメレオンみたいだね、と次女。それは思ったことがなかったけれど近いかも。あっ、動いた、と長女。そりゃあ動くよ。ひそひそ続く真夜中のお楽しみ。

私が初めてやもりを見知ったのも、娘たちの年頃だったと思う。静かな夜の時間帯にひとりで入浴するようになってからのことだから。家を離れてよりは帰省のたまさかに見かける影に、やあ元気？

考えてみたらずっと同じ個体にまみえている気分でいた。その存在によって、目に見えない力が家全体に働くと思っていた節もある。そんなこと、あるわけないのに。

今日の句は句集『天鼠《てんそ》』（二〇一一年刊）所収。第十句集である。天鼠とは夏の夕暮れどきに現れるこうもりのこと。〈天鼠まで鳴くは媓ぢやのをらぬ所為〉からの命名とあとがきにある。

昨秋著者の母上が入院なさり、以来「實家には誰も住んでゐない。人の棲まぬ家といふのは寒いもので『家』とは呼び難きものであることを知つた」ともある。

思うに母上の家からは「壁虎の守り」という磁場が解除されてしまったに違いない。「壁虎」なる守護神は、家と呼べるもののみを守るのだ。なにしろ家守なのだから。

ずっとこのままはあり得ないと、失って初めて知ることになる。が、知らぬが仏の幸せを享受する期間も必ずある。おそらくそれは、あらかじめ用意された救いであるに違いない。

（二〇一一年五月二十一日）

＊壁虎《へきこ》＝やもり

髪洗ふ

せつせつと眼まで濡らして髪洗ふ　　野澤節子

女子寮に住んでいたことがある。緑の中にぽっちりと、鉄筋と木造の小さな建物が肩を寄せ合っている、そんな外観の寮であった。

浴室は大きいのが一つ。そのほかの水回りの設備は各階に一か所ずつの、昔ながらの様式であった。寮として特に変わったところは無かった（と思う）が、入寮してすぐ思いもよらなかったものを一つ見つけた。それは、直径四十センチはあろうかという大鍋である。

料理用ではない。鍋は洗面所に置かれてあった。ある夜遅く、ふと洗面所をのぞくと先輩が髪を洗っていた。傍らにはもうもうと湯気をたてている大鍋が……。しっかり沸かした鍋一杯の湯で、ちょうどひとり分の髪が洗えるのであった。

朝シャン用のシャワーノズルはもとより、自動的に湯が出てくる蛇口も無い、古い寮での話である。

今日の句は句集『鳳蝶《ほうちょう》』（一九七〇年刊）所収であるが、どのアンソロジーにもたいがい載っている。季語は「髪洗ふ」。四季を問わず髪は洗うが、夏は殊にたびたび洗う必要に迫られる、の心である。もし女性の髪が短かったら、もしシャワーが普及していたら、季語になっていただろうか。不便と女性の矜恃が生み育てた季語だと思う。

先日、句会で席題（その場で提示する題）として「髪洗ふ」を出してみた。念頭にはもちろんこの句がある。上から自動的に湯が来るシャワーではなく、洗面器に頭を垂れて洗わなければ「髪洗ふ」ではない気がする。中に〈避難所の慣れぬたづきや髪洗ふ　後藤洋〉があった。男の身にこの題は、とぼやいていた人の句だが、見事に眼まで濡れている。また「仏蘭西の映画」のようにと詠んだ女性もいた。こちらはせつせつとして肉感的でもある。いたく感銘した。

そういえば昔々、私はこの句によって「髪洗ふ」を夏の季語と知ったのだった。なにか生きることの悲しみといとおしさを感じて、若い胸がきゅんとした。いつのことであったか。思わず遠まなざしになる今の私である。

（二〇一一年六月十八日）

露

芋の露連山影を正しうす　　飯田蛇笏

初めて読者として触れた俳句は何だっただろう。改めて思い巡らしてみると、この時期になるといつも思い出す、この蛇笏の句のような気がしてくる。

小学校の五年生か六年生のときだ。教科書でこの句に出会った。同時にほかの名句も読んだはずだが、記憶にあるのはこの句だけである。なぜか。それはそのときに教わった内容が、私の解釈とまったく異なるものだったからである。

濃尾平野の山裾の町に育った。北に連なる山の名は知らなかったが、斎藤道三や織田信長が拠った岐阜城をいただく金華山に続いていた。西方はるかには伊吹山が聳え、冬になると氷のような風を送ってくるのだった。

いつもどこかに山を感じながら、田や畑の中の道をかよった。それこそ芋の露をふんだんにこぼしながら。芋の露はなぜ潰れて広がることがないのだろう、と、試しに指でなすってみたら、小さな露に分かれてころころ転がった。大きな露は、のぞき込むと小さな露を抱き込んでいるように見えた。きらきらして小さな朝日の粒みたい。でも手のひらにこぼし取ったら、ただの水になって消えてしまった。小学生の私はほうっと息を吐いて山を仰ぎ、もとの道をたどるのだった。

授業で先生は「芋の露に山脈の姿が映っているのです。露は小さいですが、大きな存在を取り込むことができるのです」と語った。小さな私は驚き、節穴の目を悲しんだが、大きくなった私はもう知っている。これは「芋の露」と「連山の影」の取り合わせの句であって、大きな景の中でとらえればよいのだ、と。

ずっと後になって似た経験をした同世代に出会った。案外教師用指導書に書いてあったというのが真相かもしれない。あのとき先生は「心の眼で見ないから、見えるものも見えないのです」とおっしゃったけれども。

この句は『山廬集』（一九三二年刊）ほか、各種アンソロジーで読むことができる。「正うす」で載っていることもあるが、いずれも「ただしゅうす」と読めばよい。

（二〇〇八年十月四日）

露（二）

露の世は露の世ながらさりながら　　小林一茶

八月一日。ＪＲ信越本線の黒姫駅に降り立ったとき、曇り空が少し切れ、日が射してきた。東京からずっと冷房の中にいた身にはほどよい気温で、少し湿気を帯びた風が心地よくさえあった。

趣味が高じてプロになったという蕎麦打ちの店に落ち着き、窓が切り取る大きな黒姫山に真向かっていると、みるみる霧が巻いてきて、それは見事にあっという間に山を隠してしまった。この地には大蛇に身をささげた黒姫さまの伝説がある。大蛇とは霧だと思った。

黒姫駅は旧駅名を柏原という。信州柏原、一茶の里である。

一茶が生まれたのは今からざっと二百五十年前。幼くして母に死別し、継母とは折り合いが悪く十四歳で江戸へ。中農の、貧しいとはいえない家に長男として生まれながら奉公に出されるというのは、非常に珍しいケースであったという。父の死後には、遺産の相続をめぐってもめにもめる。一茶の残した主観的な記述物のほか、客観的資料もしっかり残っていて、同地の一茶記念館で現物を見ることができる。墨痕も鮮やかで、二百年前とはつい昨日のことかと思う。

四十九歳の十一月、帰郷して定住。遺産問題を片づけ、五十代になって初めて所帯をもつ。子も次々に誕生。しかし次々に死ぬ。今日の句は天然痘で長女を亡くしたときの、父一茶の慟哭の一句である。『おらが春』（一八二〇年ごろ成立）所収。

この世は露のようにはかないとわかっている、わかってはいるのだけれど……。中七を「得心ながら」とした旧作がある。ゆえに二番煎じと取るか、自己更新と取るかでこの句の評価は変わってくるだろう。実作者である私は、激烈な推敲の果ての一句と受けとめる。どこか頭でひねったような旧作に対し、この句には心の底から絞り出したうめきがある。

「八月になってもこの天気じゃ、今年は夏がないかもしれない」。地元のお年寄りがいっていた。お盆の今ごろは朝晩が冷え込み、露の浄土になっていることだろう。

（二〇〇九年八月十五日）

芋虫

芋虫の何憚らず太りたる　右城暮石《うしろぼせき》

食い逃げされたことがある。といっても人の世の話ではない。

たしか台風がやたらと来た年のことだ。手に入れた金柑の苗を地植えにしようと、空模様と自分のスケジュールをにらみ合わせているうちに、きっかけを失してしまった。次女が葉の裏にぽっちりした卵を見つけ、蝶になるまで雨に濡れないところに置くことを主張し始めたからだ。

「柚子の子は濡れても元気なんだし…」。庭にはすでに何代もの揚羽蝶を送り出した柚子があるのだ。そんな母娘の攻防戦をよそに卵は孵り、いくたびか脱皮してつややかな青虫になった。おなじみの揚羽の幼虫、と思ったが少し感じが違う。突っつくと、にゅっと赤い触角が出た。黒揚羽だ。

過保護のせいなのか、黒揚羽の個性なのか、幼虫は枝をしならすほどに太り、金柑はみるみる坊主になっていった。私ははらはらしながらも耐えた。だって黒揚羽の羽化を見たいではないか。

それなのに、奴は遁走したのだ。台風が来るという夕べであった。

今日の句は句集『虻峠』（一九八〇年刊）所収。作者は土佐の暮石《くれいし》に生まれ、吉野川の支流のさらに支流で鰻を捕まえ、鮠を釣り、という少年時代を過ごした人。就職のため大阪に出るが、耳の底にはいつも川音が響いていたことだろう。九十歳を過ぎて「自然をもう一度洗い直してみようと思って」帰郷。それによって「ボクがどういう風に変わっていくか、皆も期待してるんじゃないかな」と語ったという。

芋虫はそんな作者にとって気に入りのモチーフだったのではなかろうか。〈芋虫の首打ち振つてさからへり〉。〈芋虫の遁ぐる術なき図体よ〉。〈穴深く掘つて大芋虫埋む〉。〈芋虫の肥え太りたる旱かな〉。どの芋虫も、虐げられながらかわいがられているようだ。

わが家の金柑はその後、つるっぱげの身をしばらく養生してから地植えされた。が、いまだに一度も実をつけたことはない。

（二〇〇九年十一月七日）

葛

あなたなる夜雨の葛のあなたかな　　芝　不器男

「八月」は「夏休み」中なのに「立秋」があり、疲れるほど暑いのに「残暑」見舞いを書くことになる。悲しくむごい歴史的記憶もたたまれていて、何か季節を超えた時空が存在するような月である。

そんな八月が逝こうとしている。ひたすらかまびすしい油蟬に代わってつくつくぼうしが早く早くと鳴き始め、蜩が朝夕のみならずかなしいかなしいと訴えかけてくる。すると歩いていてふっと、懐かしいような香りに立ち止まることが増えてくる。

そんなときは大概、足もとに赤紫色の花屑が散っている。見上げると真緑の大きな葉を波打たせた植物が蔓を伸ばし、赤っぽい花をびっしりつけた穂が垂れていたりする。葛である。

葛は葉も花も秋の季語である。「裏見葛の葉」といわれるのは、葉の裏が白く、吹かれるとそれが目立つからだ。和歌には「恨み」と掛けて好んで詠まれた伝統がある。花のほうは秋の七草のひとつ。根は葛根湯の主材であるし、葛粉もとれる。蔓は編まれて細工物となる。繁茂するから街中では嫌われるが、人の暮らしに近い植物なのである。

最近葛の花の香が、小学生のころ友だちと競って集めたプラスチック消しゴムの匂いに似ていることに思い当たった。私にとってはそんな懐かしさもあったようだ。

今日の句は、当時東北大学の学生であった作者が、船と夜行列車で二日かかって仙台に戻り「みちはるかなる」ふるさと伊予を思って詠んだ句。大正十五（一九二六）年九月の作。

「あなたなる」は漢字で書くと「彼方なる」で「かなた」と同じ。が、K音の入らない「あなた」は、より体の奥に響くようで、望郷のせつせつたる思いが迫ってくる。わがふるさとは、途中で見た夜雨にけぶる葛よりも、ずっと遠くにあるのだなあ、と。

この句には絵巻物のようだという高浜虚子の名鑑賞がある。二十七歳に満たない若さで亡くなった作者の、四年ほどの制作期間に成った奇跡のような作品のひとつである。

（二〇一〇年八月二十八日）

蜩《ひぐらし》

かな〳〵のどこかで地獄草紙かな　　飴山　實

「もうっ、鬼んぼが来るよ！」。思わず叫んだら、小鬼のようにいきりたっていた長女がみるみるおとなしくなった。え？　口にした私のほうが驚いた。長女が四歳のころのことだ。

「鬼んぼ」は絵本のキャラクターである。愛嬌のある呼び名の通り、デフォルメされた鬼はおとなの目にはかわいくさえあった。初めて読んだとき、ごくんと唾をのみ、食い入るように眺め入る長女を見て、気に入ったものと思ってもいた。

あまりに腑に落ちないので、その後また試してみた。今度は「あ、鬼んぼがそこに」と。一瞬にして、こわいもの知らずの小鬼退散。この一語、封印するのは実に惜しかったが、霊験あらたか過ぎてそれきり使っていない。

かなかなかなかな……。

今年は蜩の鳴き始めが遅かった。蟬はおおかた夏の季語であるが、蜩は秋の季語である。このあたりでは例年梅雨明け前から鳴き始める。今年はへそ曲がり台風が関東を南にそれた七月、かすかに声が伝わってきた。

蜩を聞くと何か急かされている気分になって落ち着かない。が、あるべき姿でないのはもっと不安だ。地獄が絵空事ではないことを知ってしまった、３・11のあとの我々には一層。

鬼んぼの住む絵本の地獄も、初めて見る幼な子には目をそらすことができないほど強烈だったのだろう。あれほどの津波を見て我々がそうであったように。

今日の句は句集『花浴び』（一九九五年刊）の一句である。初めて読んだとき私は三十代であった。あれからざっと十五年。今読み返してみると作者の優しさがしみじみと伝わってくる。「どこか」とは「ここ」かもしれない。けれども作者は決してそうはいわない。〈花浴びし風とゞくなり魚籠の底〉。〈残生やひと日は花を鋤きこんで〉。生がくるりと反転する覚悟をした者のみがもつ強さでもって、今を生きてここにある喜びを、淡々と詠み継いでいる。

（二〇一一年八月十三日）

紅葉

この樹登らば鬼女となるべし夕紅葉　三橋鷹女

昭和初期にそろって登場した中村汀女、星野立子、橋本多佳子、三橋鷹女の四人の女性俳句作家を、共通する頭文字をとって四Tと呼ぶ。ほかにも優れた女性作家はいたが、いみじくもTでうまく括られた魅力的な彼女たちに、俳句の初歩を歩み始めた者の視線はまず吸い寄せられることになる。

私もTに惹かれたひとりである。若いころは（という表現は九十歳百歳現役の俳句の世界では顰蹙を買うが）、鷹女の一句一句にくらくらした。この句の夕紅葉の妖しいことといったら。紅葉の錦をまとった鬼女はどんなに美しいことかとうっとりした。しかも樹に登るのである。二階の窓から帰宅した過去をもつ私には、樹になど登りそうにない鷹女（上品な美人である）がそう詠んだということだけで嬉しかったのかもしれない。

鷹女はこう語る。一句を書くことは、一片の鱗の剥脱である、と。このひとは七色の大鱗を持つ龍女なのではないかと思った。

〈春の夢みてゐて瞼ぬれにけり〉の叙情も〈夏痩せて嫌ひなものは嫌ひなり〉の激しさも、すべてが好ましかった――と過去形にするのは、どうやら私が年をとってしまったからである。

〈白露や死んでゆく日も帯締めて〉、〈老いながら椿となつて踊りけり〉は、十五年ほどあとの作品であるが、気迫に圧倒されて疲れるようになってしまったのである。

最近になって、前々から気になっていた〈寒満月こぶしをひらく赤ん坊〉が、死後枕の下から発見されたノートに記されていた句群の、最終に置かれた句であることを知った。命の最期の鱗である。赤ん坊のこぶしから宇宙のエネルギーが放たれて、冴えた寒満月と交信し合っているような句だ。

二十三句の遺作のうち二十二句はとても重い。だからひと息に読むと、二十三句目に到って体がふわっと軽く浮く気がする。

鬼女になることを生涯考え続けた鷹女は、今ごろ軽くなった体で何をしているだろう。

夕紅葉の句は『魚の鰭』（一九四一年刊）に収められている。


（二〇〇八年十一月一日）

柿

柿うましそれぞれが良き名を持ちて　細谷喨々

秋も深まるころ、ふるさとから相前後して小包が二つ届く。ひとつは父方の伯母、もうひとつは両親からである。

箱のなかみは柿である。岐阜の富有柿。二箱そろったところで向う三軒両隣に配って回る。どちらの箱の柿も特大サイズであるが、伯母からのは「岐阜富有柿」と印された薄紙に一個ずつ包まれているので、ペアにして渡すとわかりやすいのだ。すっかり恒例化したようで、「もうそんな時期？　みなさまお変わり無く？」と応じてくださる方もいる。

岐阜に生まれて岐阜に育ったから、柿といわれれば富有柿のあの色形が目に浮かぶ。幼いころは、甘柿＝富有柿、その他の柿＝渋柿＝干し柿と思い込んでいた節さえある。

長じて親元を離れ、さらにそののち大阪に住まった時期に、初めてしかと柿に目が向いた。かつて富有柿一辺倒だったころは、食べごろになる冬の少し手前まで柿を口にすることはなかったが、かの地では、ちょうど今ごろの「平核無柿」から柿のシーズンが始まるのだった。

ずっと柿の産地に住んでいたら、今日の句の味は違っていたかもしれない。愛知の筆柿、静岡の次郎柿はほんのお隣の産だったのに、よくもまあ知らずに過ごしたものだ。日本に柿は千種ほどもあるという。各地の柿好きが一堂に会してお国自慢をすることがあったら、どれほど騒がしいことだろうか。

この句の作者は著名な小児科の医師である。いとけない患者に今日も「お名前は?」と問うていることだろう。直接お目にかかったことはないが、そんな気がする。句集『二日』(二〇〇七年刊)にはこの句をはじめ、読むと心に灯がともるような句が収められている。

今、私は神奈川の「柿生うる里」に住んでいる。この地の柿は「禅寺丸柿」という。すでに市場からは姿を消したが、日本最古の甘柿として登録記念物になっているらしい。私がここへ来たのは偶然であるが、柿をはぐくむ土壌に呼ばれたような気もしている。

(二〇〇九年十月十日)

良夜

人それぞれ書を読んでゐる良夜かな　山口青邨

万葉の昔から、日本人は春と秋の情趣を比較して、その優劣を競うことが好きだった。今年千年紀を祝う『源氏物語』でも、紫の上（光源氏の妻）と秋好中宮（冷泉帝―表向きは光源氏の異腹弟だが実は実子―の后）がその全人格をかけて優雅な争いを展開する。『更級日記』になるとここに冬が参画するようだが、伝統的には春と秋が争うことになっているようだ。

しかし私としては、夏も入れて欲しい。夏が行くとき、すぐそこまで来ていた山が退き始め、歌っていた川が声をひそめる。いろいろなものが日に日によそよそしくなって、置き去りにされたような気持ちになる。あまりの暑さにいくたび空を仰いだかしれないが、そうなってみて改めて夏が好きだったことに気づくのだ。

それでもさすがに仲秋のころにはあきらめがつき、籠もって過ごす長い夜にも親しみがわく。秋の収穫を味わい、虫の声にくつろぎ、太りゆく月の姿を楽しむ。今から晩秋の紅葉の季節の本番が到来するまでは、外を向いていた視線が、反転して身近なものに向く日々なのかもしれない。

青邨の句を読むと、オレンジ色の丸い輪がほつほつ心に浮かぶ。あかりの明度も彩度も自在に選べるご時世だが、この季節に欲するあかりは限りなく火の色に近いのではなかろうか。それぞれの灯に人がひとりずつ。そのそれぞれは別のそれぞれの存在を確かに感じているから、「個」であっても「孤」ではない。円満な月の光がすべての灯を包み込んでいる。

月の光を決めるのはその日の天気や月齢だけではない。この句にあたたかみのある色を感じるのは、作者である青邨の心が満ち足りて、安定しているからである。

この句は句集『雑草園』（一九三四年刊）に収められている。青邨は長寿だったので、今私たちが写真などで見る姿はおじいさんであることが多い。が、このときの青邨は四十一歳だった。あら、若い。最近そんなことばかりが気になる私である。

（二〇〇八年九月六日）

月光

月光にいのち死にゆくひとと寝る　　橋本多佳子

母からは、教わったことも教わりそこねたこともあまたあるが、教えの最たるものは、ひとはどのように死にゆくかということだった。

体の弱い母だったので、覚悟したことは何度もある。ところが、いちばん覚悟が必要だった最後の最後に、今度も大丈夫じゃないかという思いに私はとらわれた。要するに逃避の交じった願望である。

その後得た情報から、死に近い兆候がさまざまに出ていたことを知った。まことに知らぬが仏だったとも、後の祭であったとも。最期の瞬間は父だけが立ち会えた。それもまた、母が選んだことだったかもしれない。

今日の句の作者橋本多佳子は、昭和二十〜三十年代の俳壇で活躍した俳句作家であるが、昭和十二（一九三七）年のこのときは、夫の看取りに心を砕くひとりの妻である。経済的にも文化的にも豊かな夫の大きな翼に守られて、俳句に打ち込み始めたところであった。

夫は病中かたわらから多佳子を離さなかったという。お互いに冷厳な現実から目を逸らすことなく、命終の日々を過ごしたのであろう。さらさらと砂がこぼれるように、命のかさを減らしていくひと。月光を掬うことができないように、命も掬いとることはできない。

この句は句集『海燕』（一九四一年刊）に、「月光と菊」と題し〈颱風過しづかに寝ねて死に近き〉から始まる六句中の一句として収められている。台風の過ぎた夜空が降らす月光とあれば尚のこと、かの世の光のように澄み透っていたことだろう。

私にも忘れられない月の光がある。母が逝ったその夜遅く、母を自宅へ連れ帰った道すがらの月光である。七日月であったが、田舎の漆黒の闇を存分に照らしていた。〈懐かしき山懐《やまふところ》へ月の道　正子〉。子らが去ったあと、父とふたり老いていくはずだった山懐の家へ今。

逝ったひとを悼むことは、遺ったひとが生きることでもある。まもなく十五夜。今年の月はいつにも増して、ひとの思いに色が深まることであろう。


（二〇一一年九月十日）

十三夜

月よりも雲に光芒十三夜

井沢正江

今年の十五夜の月はしみじみと美しかった。津々浦々であまたの人が仰ぎ見、手を合わせていることだろう、と思いつつ私は、その夜はずっとミシンを踏んでいた。「ミシンを踏む」はほとんど死語だが、本当に踏んでいたのだ。

昭和の足踏み式ミシン。昨年末実家を片づけたときに、どうしても捨てられなかった母のミシンである。

なにしろ嵩高いので、処分するつもりでいた。が、最後にもう一度と踏んでみたら、私が知るどのときよりも軽快に動いたのだった。

かくして踏めるミシンの主となった私。夏休みには次女の体育祭用の衣裳を縫った。どうしておかあさんにまで宿題があるのよ、といいながら、カタカタという音に心が弾んだ。「あ、ミシンだ」と家族がひとりずつ寄って来るのもおもしろかった。

十五夜に月も仰がず、俳句も詠まず、していたのは次女の制服の裾直しである。昭和のミシンは直線縫い専門なので、断ち切ったところはバイヤステープでくるみ、手でまつり縫いをする。その後プリーツの陰の部分を一本一本ミシンで押さえる。その昔、母がしてくれた作業である。「めんどくさ〜」と眺めていた私であったが、そうした端折れない一つ一つを重ねていくことこそが、毎日の生活を支えているのだと知った。

今日の句は句集『以後』（一九八五年刊）所収。自解によると、作者も十五夜の月を見ずに過ごし「後の月は何処か月見の出来るところに出かけて」と願っていたらしい。結局「夜の出歩きは御免」という師匠の皆吉爽雨に負けて、ご自宅に招いて月見の句会を催すことになったようだ。

作者も、名月を見もしなかったわけではあるまい。私も母のミシンに向かいながら、月の気配を追っていた。真夜中に天心の月と真向かったとき、ほっとして心がほとびてゆくのを感じた。

今年の十三夜は明日十月九日。もう夜はずいぶん冷えるようになった。明日は一枚多く重ね着て、月を仰いでみよう。もしかすると作者のように「月光に輝く白雲」に見とれることになるかもしれない。

（二〇一一年十月八日）

虫

虫の夜の星空に浮く地球かな　　大峯あきら

女の子でしょ、といわれて育った出生地を離れて以来、かの地には磁石の同極どうしに似た作用を常に感じながら暮らしてきた。「ふるさと」という懐かしさ込みの言葉を使えなかった時期もある。

寄りつかなかったわけではない。八月の末も私は実家にいた。掃除が行き届かなくなって家中ほこりだらけだ、と母が嘆くので。行ってみたら私の家よりよほどきれいだったけれど。

私より若く、弟より古い家。こんなに桟《さん》が多かったっけ。足踏み式の母のミシン。踏み板の上は隠れんぼのとき愛用した場所だ。鉄くさいにおいは、今も昔のままだった。

田舎の夜は早くて深い。人通りが絶え、あかりが落ちると、虫の声が潮のように満ちてくる。寝付けぬままに闇の天井を見つめているつもりだったが、昼間家中を這い回った疲れが手足の先からのぼってくると、いつしか布団ごと虫の闇に漂い出していくようだった。大きくゆるやかな渦を描きながら。

そのとき、頭の端にほっかり浮かんできたのが今日の句だ。句集『夏の峠』（一九九七年刊）所収。今年七月に刊行された自選句集『星雲』の帯に記された句である。

星空を見ながら虫の声を聴いていると、宙に浮く気分になってくるのは、誰もが経験することだろう。この句の不思議はひとえに「地球かな」にある。自分が今仰いでいる宇宙から、ひるがえって自分のいる地球を見る構図を思い描くことになるから。

第三者として月を見るように地球を見ているのではないだろう。その夜私の体が受けとめたのは、天井が消えて、布団が消えて、なにか自分の存在がそのまま「地球」に通じているという感覚だった。

正気の今は頭でとらえようとして混乱気味だが、こうしていると、半睡半醒のその夜の私を、時間をさかのぼって眺めているようでもある。

今夜の私は自宅で虫を聴いている。この闇のかなたには父と母がいて、小さなあかりを灯している。そこがほかでもない私のふるさとなのである。

（二〇〇九年九月十二日）

鳥渡る

鳥わたるこきこきこきと罐切れば　　秋元不死男

三十年来行動を共にした罐切があった。私が田舎で高校生だったころ、近所に開店したしゃれた店構えのケーキ屋で配られたものだ。

虫眼鏡のような形で、柄の部分に店名が記されてあった。それまでケーキを買っていたのは弁天堂か寿堂。たしかノアといったその店の名は、十分に魅惑的であった。

ただこの罐切は、家にあった罐切とは逆の方向に切り進んだ。そのためたった一度で母に見限られ、私が家を離れるときに連れて出ることになったのだった。それがつい最近、グリルの熱を浴びて樹脂製の柄がやられてしまった。しおれた薔薇のようになった姿を発見したときのショックといったら。

今日の句は戦後間もない昭和二十一（一九四六）年の作。句集『瘤』（一九五〇年刊）所収。季語は「鳥わたる」。越冬のため、北の国から群れをなして鳥が渡ってくることを指す秋の季語である。

作者は治安維持法違反のかどで検挙され、戦中二年あまりを獄に過ごした。世に「京大俳句事件」という弾圧事件で、獄死した俳人もいる。終戦により罪名は消え、執筆の自由も復活。何もかも無くなったが、確かに明日がある。そんな時期の作品である。自解にも「敗戦のまだなまなましく匂う風景の中で、私は、解放された明るさを嚙みしめながら、渡り鳥を見あげ、コキ、コキ、コキと鑵を切った」とある。

この句の「こきこきこき」は、軽快に読むより、ゆっくり一音一音はっきりと読むのがよいだろう。だんだん強くしてもよいかもしれない。「こき」の三乗は生きることへの意欲と覚悟のこもった動作。単なる擬音語ではなく、擬態語でもあるのだろうから。

そのとき作者が手にしていたのは、どんな鑵切だったろう。進駐軍が使っていた、鉤のような鑵切かも。使いにくそうな姿を思い浮かべてしまうのは、私の新しく買った鑵切が、ノアのとは逆の向きに動くからである。使う機会はめっきり減ったが、三十年来の習慣に逆らって不自由に鑵を切る昨今である。

（二〇一〇年九月二十五日）

秋の蚊

秋の蚊のよろ〳〵と来て人を刺す　　正岡子規

野菜が高い。猛暑の置土産だという。が、このところ草木が息を吹き返してきているようだから、まだまだ望みはあるかもしれない。

そう思うのにはわけがある。まずわが庭に君臨していた向日葵。花期の終わったてっぺんの花を剪り落としたら、葉の付け根に出ていた緑のつぼみが、一気に八段下まで花開いた。また、そのかたわらの夕顔。なかなか咲かなかったものが、今では一晩に三つも四つもぱかぱかと咲く。夕顔は、午後つぼみがゆるみ始めると、妙なる香りがあたりに漂う。すぐそれとわかる喜びがあるのだが、今年はあいにく木犀の花期と重なった。判別不能な強い芳香にくらくらしたが、咲ききる力をめでさせてもらった。

が、なにより勢いづいているのは下草である。ここに到って地中から吹き出してきた感がある。野菜の挽回を期待するゆえんである。とはいえ下草の勢いを傍観しているとたいへんな事態になるから、今も庭を這い回って一汗流してきたところだ。

外に出るといきなり群がってきたのが蚊である。蚊は最盛期の夏をもって季語とする。だから今のは秋の蚊だ。蝶でも蜂でも同じだが、「秋の」には「なごりの」に近い意味あいがあって、本来は、盛りを過ぎて少し弱々しい感じを漂わせるものである。まさに今日の子規の句のように。

この夏は蚊が少なかった。「蚊も住めない世になったか」とぼやきつつ、刺されると大げさに腫れあがる私は、実は少し嬉しくもあった。今さら秋の蚊の猛々しいのは、まっぴらである。

この句の子規はどうだろう。今にも息絶えそうでありながら、とりすがって血を吸う秋の蚊。蚊の命の営みを喜んでいはしないだろうか。

死の前年、明治三十四（一九〇一）年の作である。死の直前までの一年ほどを俳句や水彩画を交えてつづった病床日録『仰臥漫録』の九月二十日の項に載っている。

今は百年前より一か月以上暑い。それを理由に、私は明日も蚊を目の敵にし続けるだろう。

（二〇一〇年十月二十三日）

浮寝鳥

鳥共も寝入つてゐるか余吾の海　　路通

つい最近、新たな芭蕉の書簡が見つかっていたことを新聞で知った。『おくのほそ道』の旅に発つ二か月ほど前の日付のもので、旅に同行するはずだった路通が江戸を去ったことを嘆き、動揺する心中を記しているという。

路通は芭蕉に心酔し、修行に励んだが、生来の奔放さで同門の不評は買うわ、ついには芭蕉の勘気に触れるわ、後世には勘当の門人と伝えられる破戒僧である。そんな彼の同行が実現していたら、どんな旅になったことだろう。そもそも彼を指名した芭蕉は、旅に何を期待していたのだろう。

実際に同行したのは堅物で忠実な曾良である。曾良の残した克明な随行日記により『おくのほそ道』のフィクション性が判明したが、しかし現実の旅に基づくものであることは確かなのだ。旅が異なるものになっていたら、当然別の『おくのほそ道』が誕生していたに違いない。

この書簡によっても路通が去った理由までは明らかにならなかった。が、無断で去って芭蕉を怒らせたのではないところをみると、何か嘆くほかはない事情があったのではないか、とのことだ。

今日の句は『猿蓑』（俳諧撰集＝今でいうアンソロジー。一六九一年刊）に収められている。「余吾の海」は滋賀県の余呉湖のこと。「鳥」はここでは「水鳥」を指す。鴨、鳰《にお》、雁、鴛鴦……、多くは北から飛来して春には再び北へ帰る冬の鳥だ。余呉湖は琵琶湖の北にある小さな湖である。琵琶湖は別名を鳰の海というくらいだから、路通の見た鳥は鳰であったかもしれない。

今夜の宿も決まっていない、さすらいの身になって味わってみてほしい。静かに暮れなずむ湖面。ほつほつ漂う浮寝鳥の影。あいつらはもう眠っているのかなあ。さて冷え込んできた。今宵わが身はどうしたものか、と。

芭蕉がこの句には「細み」があると評価したと『去来抄』（俳論書、一七〇四年頃成立）にある。すーっと細くしみ入ってきて心を包みこむ風のような感じだろうか、と、この句を読みながら思っている。

（二〇〇八年十一月二十九日）

冬の星

かぞへゐるうちに殖えくる冬の星　　上田五千石

毎年、松がとれると思い返すことがある。

大阪は吹田市、千里丘陵の端っこに住んでいたころのことだ。子どもが泣いたわけでもないのに、暗闇の中でぽっかり目が開いた。いつもなら再び寝入るところだが、その日は身を起こし、そうした自分をいぶかしんでいた。

そのとき、ごーっという音、というより気配が満ちて、弾かれるような衝撃を受けた。とっさに右に寝ていた七か月の次女を抱き、左側の長女に身を寄せた。日頃は何をしても起きない長女が目を覚まし「これ、なあに？」といった。大阪生まれの長女は、三歳で初めて地震を知ることとなった。阪神大震災であった。

まもなく阪神電車が青木《おおぎ》まで復旧したと聞き、そこから先は歩くつもりで出かけて行ったことがある。帰途、次女を抱えて切符売場でもたついていると、かたわらの女性から

「買いましょうか」と声をかけられ驚いた。実際にそんなことは、後にも先にもこのときだけである。その日見聞きしたものは悲しすぎて言葉もないが、人々が寄り添って、限りなく優しく生きている、そう思った。

千里には星が出るころ帰り着いた。広がっていく星空を見ながら、屋根を失った人々に、今はせめて晴れが続きますようにと祈っていた。

今日の句は『田園』（一九六八年刊）所収。この句集は、一九九七年に六十三歳で急死した作者の第一句集にして〈もがり笛風の又三郎やあーい〉、〈渡り鳥みるみるわれの小さくなり〉等あまたの代表作を収める。この句には〈ゆびさして寒星一つづつ生かす〉にもあるような、若い気概や希望をまずは読みとればよいだろう。

ただ私はあの日の星空を思い出すのである。しんとしておそろしいほどなのに、見つめることをやめられない星空を。

若い人はおのずと若い句を作る。中には若くないと読み取れない句もある。が、作者の意図を超えて、読者の年齢相応に読み得る句もある。もしかすると名句の条件とはそんなところにもあるのではないか、と近ごろ思っている。

（二〇一〇年一月九日）

冬日

もちの木の上の冬日に力あり　　高野素十

俳句詠みにとって「十一月」はあたたかい月である。〈あたゝかき十一月もすみにけり　中村草田男〉とか〈玉の如き小春日和を授かりし　松本たかし〉という句があって、なるほどいかにもとうなずいた経験があるからだ。

だから今年のように、十一月が台風で始まったり、急に冷え込んだりすると、なにか理不尽な仕打ちを受けた気になる。そして一転好天が続くようになると、十一月だからねえ、と今度は目を細めたりするのである。

細かな砂の降ってくるような冬の日差しが骨の髄にしみる感覚を知ったのは、今は昔、ちょうど三十歳になった年だった。祖母が借りていた畑で、大根引きを手伝ったときのことだ。

祖母はアマチュアであったが、種を蒔くところから始めて、いろいろな野菜を育てていた。玉葱もじゃがいもも、孫の私のところにまでこの畑から届けられていた。

大根はそのまま食べるほか、干して漬け物にもする。もちろん切干しも干し菜も自家製である。小さくて硬い祖母の手は、絶えず動いてものを産み出す手であった。

当時私は体調を崩し、三か月ほど実家で休ませてもらっていた。大根も数本引いただけで、あとは日向ぼっこをしていたような。金銀砂子のような日差しをうらうらと浴びて、ペン胼胝だけが目立つ非産の手を持て余しながら。

今日の句は、句集『初鴉』（一九四七年刊）所収。〈ふるさとの大もちの木の盆の月〉という句も収められていて、素十にとってふるさとそのもののような木だったかもしれないと思う。

もちの木は十メートルもの高木に育ち、冬も濃い緑の葉をこんもりとさせている。第三句集『野花集』（一九五三年刊）にはこんな句もある。〈一本のあたりに木なき大冬木〉。これもまたもちの木のことかと、勝手ながら私は金色の冬日をまぶしく想像している。

素十が力を見出した冬日は単なる冬日ではない。ふるさとの冬日だ。もちの木を仰いで、素十自身もまた冬日の力を得たことであろう。

（二〇一〇年十一月二十日）

凍つ

神棚にははの抱寝の小石凍つ

小原啄葉

どんな薬より母の「手当て」の効く時期が、わが娘たちにもあった。手当てとは文字通り手を当てるだけのこと。ただ、はあっと息であたためてから「治る治る」とおまじないをして当てるところがミソであった。

夜中に咳き込んだときには、抱き寄せて胸と背中を挟んで擦った。体温を移すようにゆっくりと。静かに呪文を唱えながら。

娘の小さな体がぽおーっと温まっていく。私も少しずつ汗ばんでいく。母娘の体温が同じになるころ、娘は再びくったりと寝入っている。朝まで様子をみて、寝起きが悪いようなら医者へ。だが、そのままけろりとしてしまうこともまた多かった。

当時の住まいは夜間に診てくれるところが近くに無く、そこで編み出した手当てであった。ともあれ単純な母娘でよかったこと。

今日の句は句集『不動』（二〇一〇年刊）所収。「戦地の兄の姿に似た石を川原から拾ってきて、母は毎晩抱寝してゐた」と添え書きがある。毎晩母にぬくめられていた石。兄の姿に似ていても石なのだから、一晩中ぬくもらなかった日もあったろう。石を懐に母は何を思っていたか。その石が母亡き今もこの世にあって、氷より冷えているのだ。『不動』は作者の第八句集である。あとがきに「戦争体験の作品も若干加えた。（中略）事実は事実として百年先のためにも遺しておきたいと思った」とあるように〈初夢や自決の弾をひとりづつ〉をはじめ、思わず姿勢を正す句があまた収められている。

母の祈りは届かず、兄は遺骨となって還った。〈かぶさりて母が骨抱く稲埃〉。遺骨が石より温かかったということはあるまい。〈兄嫁がまた藁塚へ泣きに行く〉。血縁以外にえにしで結ばれた人がいたのは、幸いであったともいえようが。〈咳止めと母に抱き締められしこと〉。生身の子を抱き締めた母と、抱き締められた子。いにしえから繰り返されてきた母と子の至福のときが、この母にあったことをなによりと思いたい。

（二〇一一年一月二十二日）

落葉

手が見えて父が落葉の山歩く

飯田龍太

「晩秋初冬のころ、一夜の冷雨があがった朝方、西空を眺めると、白根三山は新雪をいただいて（中略）甲斐駒は、山頂から中腹にかけての岩肌に、生絹をまとったような姿で雪の糸を曳く」。これは龍太が「障子を開けて書斎の縁側に出ると」目にとびこんでくる景色を、自らつづったものである。

飯田家のお屋敷は、山廬《さんろ》と呼ばれる。江戸時代から伝わるものだそうな。龍太の前はその父蛇笏が、ともに亡き今はご子息の秀實氏が守っておられる。

先月、初めて山廬を訪う機会を得た。ＪＲ中央本線石和温泉駅から、山深き方へタクシーでたっぷり二十分はかかる場所だ。走り始めてまもなく、笛吹川畔に出る。山を見ながら川沿いに走ると、私はそわそわしてしまう。さっさと出てきてしまった私のうぶすな、岐阜がよみがえるのである。

〈芋の露連山影を正しうす　蛇笏〉、〈一月の川一月の谷の中　龍太〉のような自然と対峙する句群を仰ぎつつ、〈どの子にも涼しく風の吹く日かな〉、〈父母の亡き裏口開いて枯木山〉の人の匂いのする龍太の句が、私は好きだ。

今日の句は『麓の人』（一九六〇年刊）所収。初めて読んだとき「手が見えて」の詠み出しに驚き、惹かれた。父や母を思うとき、しぐさとか、言葉とか、ささやかなことを明瞭に覚えていて不思議だ。顔はむしろ見ていないのかもしれない。瞬間の表情として視覚に留まってはいるが、「手」のほうが子の五感に直接触れ、つながるものである気がする。

「実景である」という作者の自解がある。渓の音で落葉を踏む足音は聞こえなかったが「明るい西日を受けた手だけが白々と見えた」と。

先月私はこの渓を渡り、落葉の山に登ってきた。厳密にいうと「落葉」は冬の季語なのだが、仮に行ったのが真夏であったとしても、そこは「落葉の山」にほかならなかっただろう。

手を見た人も見られた人もすでに亡い。蛇笏の足音、龍太のまなざしを籠めて、山は落葉を急ぐころ。

（二〇一一年十一月五日）

白鳥

白鳥の白き輪郭ふくらみ来　　二階堂光江

初雪に心が弾んだのは、いくつのころまでだったろうか。岐阜の田舎町で私が中学一年だったとき、重い空が雪を二、三片こぼしたのは、たしか十一月一日のことだ。今では信じられないほど早い。学校がすぐそこに見える朝の通学路で、雪片が手のひらに着地してすっと消えた。

その日は一日中、窓の外を見て過ごした。雪は朝のそれきりだったから、初雪とはいえないだろう。が、はっと空を仰いだときのときめきは、まさに初雪のものであった。

季節のもたらす必然の偶然に励まされる一日は多い。たとえば冷たい土を割って顔を出したチューリップの芽。秋に球根を植えたのは自分に他ならず、芽が出て来ても不思議はないのだが、その日、帰りがあと一時間遅かったら、暗くてきっと気づかなかったはず。

私の場合その都度俳句にすることはないが、そうしたささやかな発見を重ねることが俳句を詠むことに確かにつながっている。

今日の句の作者は盛岡の人。すでに雪に明ける朝があるという。白鳥は十一月中ごろから来始め、ときおり空から声が降ってくるそうだ。この句を収める作者の第一句集『大白鳥』（二〇一一年刊）には〈小鳥ゆく高さ白鳥ゆく高さ〉という句もあって興味をそそられる。神奈川に住む私の身辺には、鴉より大きい鳥はいない。白鳥が行き交う空とは、どんな深さに澄んでいるのだろう。

白鳥の声の降る街はまた、津波の境界線がまざまざと残る街だ。迎える側の思いはさまざまであろう。ただ、今年も白鳥が飛来した、そのことを遠くから喜ぼうと思う。

働く女性である作者は、季節のうつろいのみならず〈日付印くるりとまはす十二月〉と、カレンダーの月日もはっきり刻む人である。〈この小さき深雪の町に暮らすべく〉は諦念を匂わせつつ潔い。あかりを籠めた雪の洞の中で、秒針が確かな時を刻んでゆく。

そんなある日、作者の目が空の一点をとらえた。あれは！　固唾を呑んで立ちつくす作者の姿も、鮮やかに見えてくる句だ。


（二〇一一年十二月三日）

青邨忌

青邨忌冬の挨拶はじまりぬ　　斎藤夏風

　月曜日の朝一番には、外回りの掃除をすることにしている。日に日に寒くなるこの時期、庭の手入れはついつい後回しになるが、土に還ることのできない舗道の落葉は、濡れて貼り付いたり、乾いて踏まれて粉々になる前に拾ってやりたいと思う。

　ほうきを持つと今の住まいへ越してきた年の冬を思い出す。わが庭の草木はまだ葉を散らかすほどに育ってはいなかったが、ご近所一帯から集まってくる木の葉がじつにとりどりで目をみはったものだ。掃いても掃いても吹き飛んでくる木の葉は冬の風の道を教えてくれたし、何より空気のにおいが毎日違うことが新鮮だった。

　新入りの私は、そうすることでこの地と挨拶を交わしていたのかもしれない。

　それにしても初心とはなんと忘れやすいものであることか。だからせめて月曜日の朝は、少し謙虚に過ごしてみようと思うのだ。

今日の句は句集『燠《おき》の海』（一九九七年刊）所収。平成元（一九八九）年作。作者は山口青邨（一八九二～一九八八年）の高弟のひとりである。句集の巻頭には、師を見送った時期の作品が宝物のように収められている。

この句の季語は「青邨忌」である。「冬」というストレートに季節を表す語もあるが、作者が命を吹き込んだのは青邨忌のほうだからだ。実際歳時記の青邨忌の項には、この句がよく例句に挙げられている。

ただ読者は、青邨忌を十二月十五日と知っている者ばかりではない。皆がそろって寒さを口にし始めるころというのは、この句を読み解く重要なヒントになっている。

また挨拶とは、相手を思いやる心があって初めて成り立つものだ。お寒くなりましたね。お変わりありませんか。この句においては「冬」は「冬の挨拶」というフレーズで働いている。作者は交わされる挨拶を耳にして、師のあたたかさを懐かしく思い返しているのである。

作者は句集のあとがきに書いている。「燠とはあたたかいという意味である」と。冬の挨拶で燠が広がってゆく。

（二〇〇九年十二月五日）

羽子板市

うつくしき羽子板市や買はで過ぐ　　高浜虚子

浅草観音（東京・台東区）の羽子板市は、例年十二月十七日から十九日の三日間開かれる。もう四半世紀も前に一度行ったきりのこの年の市に、初日の十七日、朝の片づけを猛然と果たし、出かけてみた。

昔は何度も乗り換えて浅草まで行ったが、今は最寄りの駅からほぼ直通で行ける。便利になったものよ。ほくそ笑みながら〈乗り継ぎて羽子板市の雑踏に〉と句帳に記す嘘つきの私。まだまだ先は長いので、携帯版の歳時記を出して読んでみる。

年の市で羽子板が売られるようになったのは江戸時代から。その年の当たり役の役者の似顔の押し絵羽子板を作った、などと解説にある。今年ならさしずめポニョと篤姫か。篤姫はそのままいけるけれど、赤い金魚はさてどんな風に泳いでいるかしら。

解説に続く例句の欄の、いちばんはじめにあるのが虚子のこの句だ。虚子先生、娘が六人もいたのに買わなかったのか。いやいや、本当は買ったかもしれない。でも和服姿の虚子が財布を取りだして支払いをする図より、懐手をして目を細めて歩いているほうがやっぱり決まっている。美しいものとの距離の取り方として、余裕の「買わず」になるではないか。私は家計の事情で〈羽子板は買はぬつもりで見て歩く〉と決めているけれど。

羽子板の露店は浅草寺本堂前の広場に立つ。平日、昼間、冷たい雨の割には結構な人出だ。これから夜に向かって、どんどん人が集まってくるのだろう。私も以前は夜に来た。大小のあまたの羽子板が、電球の鋭い光をきらきら返す、まばゆい思い出だ。

十七日に見た羽子板に、ゴルフの王子やバカボンのパパはいたが、残念ながらポニョはいなかった。羽子板売りの「姫さまの顔だちは店ごとに違うから、気に入りのべっぴんをさがして」という声が聞こえ、思わず〈気に入りの美人羽子板市にゐず〉と書きとめた。だけどこれじゃあ、まるでおっさんの句だ。却下。

今日の句は携帯していた角川文庫『俳句歳時記　冬』からの引用である。

（二〇〇八年十二月二十日）

日記果つ

日記果つ父老い長嶋茂雄老い　小川軽舟

家族のことは、よく知っているつもりでいて知らないことがよくある。例えばわが家は四人家族だが、どうも私以外の三人は日記をつけ続けているらしい。というより、日記をつけていないのが私だけであることに、最近はたと気づいたというべきか。どう見ても父親似の娘たち。こんなところも似ていたんだねえ。母親の私は、眠る時間を削って日記を書くなんてとんでもない、主婦はバタンキューよ、とうそぶくばかりである。

歳末の文具店に美しく並ぶ日記帳を見ると、その一冊を自分のものにすれば、より良い一年が始められる気持ちになる。「日記買ふ」という年用意の季語が体感として理解できる瞬間である。来年は土曜日から始まるのね、などと真っ白な日記帳を開けたり閉じたり。ところがいざ年が明けると、三日坊主どころか、はや元日から書くことを怠るのが私なのである。

日記とは違うが、俳句も強烈な記憶装置である。俳句を詠んだ日のことは、天気、服装にとどまらず、人の言葉や表情まではっきり覚えている。今年は娘たちのダブル受験に明け、母の入院とその死を経て、実家をたたみ、父の引越しを完了させて暮れるという、起伏の激しい一年であった。折に触れ心にたたんだ言葉も数知れずある。日記帳にそのままの形を記すことはないが、私というフィルターを通して新たに現れ出た言葉を、こつこつ紡いでいけたら嬉しい。

今日の句の季語は「日記果つ」。文字通り一年が終わることを指す。作者は私と同世代。日記の習慣については存じ上げないが、同じ半世紀を生きた者として、深くうなずき得る一句である。

「私の父は昭和六年生まれ。（中略）脳梗塞で倒れた長嶋茂雄ががっくり年をとったのを見て、これでは父も老いるわけだと思った。父は長嶋と同じ佐倉一高出身で学年は四つ上に当たる。昨年暮に母が亡くなり、今は佐倉に一人で暮らしている」（『シリーズ自句自解Ⅰベスト100　小川軽舟』二〇一〇年刊）という作者自身の解がある。

（二〇一〇年十二月十八日）

七草

七草や朝の火の色水の音　　小檜山繁子

ななくさ　なずな　唐土の鳥が　日本の土地へ　渡らぬさきに……。正月七日は早起きをして、こんなふうに囃しながらまな板の上で菜を叩き、粥に炊き込むのだという。

実家にその習慣がなかったので、囃し言葉も囃し方も知らずに育ったが、おとなになって歳時記を持って以来、興味を抱くようになった。

中国から伝わり、日本の風習と一体化した伝統行事の一つである。諸説あって難しいが、一生活者としては、年末年始の飽食気味の体を七種類の菜を炊き込んだ粥でリセットするととらえればよいだろうか。

初めて実行したのは十八年前の実家の台所だ。母が緊急入院したので、二歳の長女とおなかの次女とひと月ほどを実家に暮らしたのである。

当時まだ勤め人であった父を送り出すため、起床は夜明け前のまっ暗な時刻。傍らの長女を起こさぬよう、はね起きて目覚ましを止め、そっと台所へ向かう。あかりをともし、ストーブを点けると台所が息を吹き返す。水を汲む音に伸びをして、ガスの火の色にようよう目覚める次第。火の色は明け方のこの時刻がいちばん美しい。昔の人はかまどに火をおこしながら、そう思ったのではなかろうか。

今日の句は『坐臥流転』（二〇一一年刊）から。〈楸邨忌命を刻むごとくなり〉とあるように、作者は加藤楸邨の弟子である。昨年、現代俳句大賞を受賞された。楸邨という俳句作家は当人も偉大だったが、弟子が綺羅星のごとく居並んで壮観なのである。

集中〈七草や短冊も切り揃へたる〉という句もある。この短冊とは、句会に出す句を記す小片のこと。七草の日に初句会があったのだろうか。

ところで十八年前の七草粥は「土くさい」と一言のもとに却下されてしまった。せり、なずな、ごぎょう、はこべら、ほとけのざの五草は控えめに、すずな（蕪）、すずしろ（大根）のなじみのある二草を多めに仕立てると癖の少ない七草粥となる。お試しあれ。

（二〇一二年一月七日）

Ⅱ　出会いの季語

眼前の花　心の花

俳句は吟行で作ることにしている。吟行というのは俳句を作りながら歩くことだ。必ずしも遠くの名所旧跡へ出かける必要はなく、買物ついでのスーパーや近所の公園でも十分に成り立つ。ただ、歩いているうちに心が泳ぎ出すので、危険回避に神経を使わなくてよい場所が望ましい。そしてできれば誰かと一緒に歩けるとなお良い。

アラ還と呼ばれる自分の齢を考えれば、ずっと同じことが続けられると思っていてはいけないだろう。今はそれが許されていることに感謝しつつ、出合い頭の驚きを記していきたい。

三月、身近なメンバーと初桜を探って歩いた。関東圏では朝の雨が霙になり、あっという間に華やかな雪となった春分の日のことだ。

人はみななにかにはげみ初桜　　深見けん二

いつ読んでもきゅんとする句だ。初桜とは待っていた花である。他人だけでなく自分も日々何かに励んでいると、初桜を見て新たな力が漲ってくるのに違いない。

春分の日の一週間後には満開の花の下に坐った。たった一週間で花万朶！　加えて一年前の同じ日同じ場所で、固い蕾ばかりを震えながら仰いだ記憶に、ほとんどうろたえてもいた。

咲き満ちてこぼるゝ花もなかりけり　　高浜虚子

まさにそんな日であった。一つの花筵（ブルーシートだったが）に納まると、花を仰ぎ続ける人はいなかった。御馳走に目が眩んだというより、花の気に包まれ、互いの存在、培ってきた関係性を感じ取ることに集中していたのだと思う。

さまぐ〵のこと思ひ出す桜かな　　芭蕉

ざっと三百年前の句だが、桜の句はこれに尽きると思っていた。ところが最近ある句会でこれの逆バージョンの句に出会った。今より先の桜を思う句だ。表現の可能性は無限である。励まねば。励もう！

（二〇一八年四月十六日）

桃源郷、かもしれぬ

話はまず半年ほど前にさかのぼる。その日私たちは地図に無い道を当てずっぽうに歩いていた。といっても旅に出ていたわけではない。わが家から三十分ほどの小さな駅から、句会場をとっていた大きな駅に向かって歩いていただけである。

山道で方角があやしくなってきたころ、急に視界が開けた。ちょうどすり鉢の縁に立つ案配に、足元から緩やかな斜面が下っていた。野菜や果樹が丁寧に作り込まれていて、昼近い冬の日差しに穏やかに輝いていた。向こうの斜面に人影を認め、道を聞こうと、そのすり鉢に足を踏み入れたのだった。

その人と立ち話をしながら見渡すと、果樹は梅、桃、柿等々どれも収穫しやすい高さに整えられてあった。中に伸びやかに天を突く一幹が。問うと「禅寺丸柿」と返ってきた。献上柿にもなったこの地の柿である。今では市場には出回らない。故に得た樹形であろう。〈木守柿ありしところに冬至の日　正子〉などと呟いてみたのだった。

次は桃が咲くころにと思っていたが、今年の早送りの花暦に合わせられず、先月末ようやくかの地を目指した。大雨となったので、以前の道は避け、回り込むルートをとることにした。

重き雨どうぐ降れり夏柳　星野立子

昼には上がる予報であったからか、長靴の足取りは軽い。傘も透明なものを選んで来た。「空の色緑雨の色のビニル傘、だねぇ」と戯れながら。

しかし行けども行けども住宅街なのである。突っ切りたくても道が無い。ようやく小径を見つけ、勇んで走り込んだが、……平らな広い畑が広がるばかりであった。

茎立のかくも小さきものもあり　右城暮石

晩春と初夏のゆきあいに身を浸しているうちに、かの地との位置関係がわかってきた。が、あえて逆へ折れて句会場のある駅を目指したのであった。行き着けなかった地をおのおのの心に。

柚の花はいづれの世の香ともわかず　飯田龍太

（二〇一八年五月十八日）

池の鳰、只今子育て中

井の頭恩賜公園へ鳰《にお》の浮巣を見に行こうという案内をいただいた。鳰はかいつぶりのこと。水に浮いて見える巣を作る。あいにくその日は用がありご無礼したが、帰りに公園へ寄ってみることにした。

東京都三鷹市と武蔵野市にまたがる広大な公園である。目ざす「井の頭池」だけで東京ドームくらいの広さらしい。まずはボート乗り場付近へ向かう。

五月雨に鳰の浮巣を見に行む　　芭蕉

雲がちではあったが差すなら日傘という天気だ。向こう岸へ掛かる橋の上は風が心地よい。が、渡りきる手前で視野の片隅に何かひらひらするものが――蛇だ！　見事な泳ぎぶりに思わず立ち尽くして見送ったが、鳰の子の身の上が心配にもなる。

浮巣を求めてしばらくうろうろしていると、鳰の笛と称されもする鳴き声が二つ、呼び交わしながら近づいてきた。二羽は池畔の桜の枝先が水に浸いて、もやもやしている辺りに向かっている。もしや！　遠目ではっきりしないなあと欄干から乗り出していたら、カートを引いたご婦人が「何かありますか」と話しかけてこられた。

「巣なら向こうのボートが来ない辺りに一つありますよ」。

なにしろ東京ドーム一つ分の池である。思わず駆け足になった。

そして、それはあった。声をひそめてしまいそうな場所に、夕方の木洩日に瞬きながら。

雨にすぐ輪を生む池の浮巣かな　　鷹羽狩行

私が初めて浮巣を見たのは、梅雨時のこの句のような日だった。鈍い光の水面にさざ波の引っかかるところがあって、それが浮巣だった。

それに比べると立派な巣だ。絶好の観察ポイントにカメラを持った先客が一人。ややあって自転車でもう一人。「もうすぐ卵を抱くのを交替しますよ。ほら、一羽帰って来たでしょ」。あと一週間で孵化するだろう、とその人はおっしゃった。

濡れてゐる卵小さき浮巣かな　　山口青邨

（二〇一八年六月十二日）

梅雨明けの都心にて

七月の第一週、西日本ではこれまで経験のないと連呼される災害となった。かつて暮らした大阪での日々を思いながら、凍り付く心持ちで過ごしている。

一方、関東圏では六月のうちに梅雨が明けた。あまりの早さに戸惑いつつ、七月の最初の日曜日、東京・駒込の六義園へ赴いた。将軍綱吉の側用人から大老まで昇り詰めた柳沢吉保が造らせ、明治時代には三菱の創業者岩崎弥太郎が別邸にしていた広大な庭園だ。梅雨にしっとり濡れながら歩けると思っていたのだが。

その日は蟬が到るところで鳴きだして、ＪＲ山手線の駒込駅に、降り立つだけで日差しが痛かった。正門までは徒歩七分。入口に笹と短冊が整えられてあった。七夕は旧暦では秋である。俳人たちは新暦と旧暦のはざまに悩んだり、開き直ったりして七夕の句を詠むのだが、

荒梅雨のその荒星が祭らるる　　相生垣瓜人《あいおいがきかじん》

「星祭」の要素を押さえつつ、梅雨のさなかであることも外さず詠んだこんな句もある。さて青葉の枝垂れ桜の脇を抜け、庭園へ。まず青芝の広場には捩花《ねじばな》。花茎を立ててピンク色の小花を螺旋状に咲き上らせる草だ。今年は既に種がちになっている。蛇《じゃ》の髭《ひげ》は花盛り。その実は冬にはそれは見事な青紫になり、龍の玉と呼ばれる。木槿《むくげ》は満開。萩まで咲き出していて畏れ入ってしまう。ともに秋の季語だ。紫陽花はもうくたびれた色になっているが、玉紫陽花は球形の蕾が今から弾けていくところ。一方で昆虫の姿は滅法少ない。ときどき夏蝶は閃くのだが。猫の目のような天候に面食らっているのだろうか。

正門からもっとも遠いあたりを歩いていたとき、不意に佳き香りに包まれた。懐かしいようなこの香は？　脇道へ入ってみて気づいた。山百合であった。山百合は私が今住んでいる町の花でもある。懐かしいと感じるに到った歳月を思った。

その翌朝、庭にその香が満ちていた。わが家の山百合も咲き出したのだった。

百合咲きていまだ花粉をこぼさざる　細見綾子

一刻も早い日々の暮らしの回復を祈ってやまない。

（二〇一八年七月十日）

川のほとりに

多摩川を見に行った。多摩川と聞くと、往年の野球少年は巨人軍の多摩川グラウンドを思うかもしれない。それは海に近い川幅も河川敷も広いあたりだ。あるいはテレビドラマ『岸辺のアルバム』のラストシーンにもなった、一九七四年の水害の記憶に胸を痛める人がおられるかもしれない。狭い日本とはいえ多摩川は山梨、東京、神奈川を流れる。さぞかし多くの貌を持っていることだろう。

神奈川に住む私は、日常的には登戸のあたり（ドラマの舞台の近く）で鉄橋を渡っている。今回はその少し上流へ赴いたのであったが、少しとは思えぬほど様子が違っていた。日照り続きで水量が減っていたからか、せせらぎ伝いに対岸まで渡れそうにも思われた。

夏河を越すうれしさよ手に草履　　蕪村

川を見ると故郷を思い出す。私は、朝の連ドラ『半分、青い。』と昨今の猛暑でにわかに全国区に躍り出た岐阜の生まれである。幼いころには長良川で泳いだこともある。もっとも、川原の石に足裏を灼かれながら水辺まで走った記憶ばかりが生々しいのだが。
長良川の美しさに気づいたのは、大人になって岐阜を離れてからのことだ。殊に河畔の老舗のホテルに泊まったときの、川岸からの景にはまさに息を呑んだ。対岸の崖もたっぷりした流れも、深まってゆく夕闇も。ひとつひとつが美しく、融け合って更に懐かしく。
故郷を離れたことを後悔しないではない。だが、住み続けていても昔のままということはあり得ないだろう。土地も、人も。

故郷といふ幻想へ帰省かな　　長谷川　櫂

この春知り合った大学生がこんな句を詠んでいた。〈我知らぬ傷みなりけり広島忌　渡邊凌〉。聞けば福島出身だという。歳時記を繰っていて〈広島忌〉を見つけたとき、知識でしかなかった事柄が、福島に生まれた自身の肉体を介するものとなり、愕然としたのではなかろうか。季語と出会うとは、ときに傷みを伴うことがある。

（二〇一八年八月十四日）

プランター物語

今朝も朝顔が猛然と咲いた。数えてみたらざっと六十余り。プランター一個分としては、かなりの多産といえそうだ。今年はおかしな天候が続くが、立秋の八月七日には、たしかに秋が立った。そしてわが家の朝顔は、まさにその朝から、猛々しいほどに花をつけ始めたのだった。

朝顔は秋の歳時記に載る花である。夏休み（＝八月＝秋）の観察日記の花だからと気持ちに辻褄を合わせてきたが、今年は何の無理もなく秋の花であることを体感した。

朝顔を秋の花とぞうべなひし　　能村登四郎

平成八（一九九六）年の作。この年も今年みたいだったのかとも思うが、作者はかつて〈供華の中に子が育くみし朝顔も〉という体験をなさった方。別の思いが去来していたことは想像に難くない。

わが家の朝顔は、実は昨年ではなく一昨年の種である。冷蔵庫の片隅にあったものを、とりあえず蒔いてみたのだった。三つほどはすぐに芽が出たが、何週間もしてから双葉を発見することもあって、危ぶみながらももしかすると全部発芽したかもしれない。それが六十の花のゆえんである。

朝顔に並んで胡瓜とゴーヤもなお頑張っている。地植えにすると翳《かざ》したい窓が遠いので、どれもプランター育ちである。胡瓜は葉が大きく蔭の効率はよいが、大風にあおられて縒れたり傷んだり。それでも夏の間、毎日一本ずつの見当で瑞々しい実を提供してくれた。

花までも食《と》うべ初生《はつなり》胡瓜かな　飴山　實

胡瓜は先だっての台風で花を落としてしまい、今やヒゲのような実が数個。茄子には秋茄子があるが、胡瓜は夏だけのものなのだろう。ゴーヤはその点したたかで、網戸の目にも巻き付き、開けたてのたびに青く匂うので、すでに五月から網戸の開閉を控えるようになっている。

鎌首を立ててゴーヤの蔓のぼる　正木ゆう子

暑すぎた夏を生き抜いたプランター三個。じきに来る別れがつらい。

（二〇一八年九月十一日）

縦断台風御見舞い

いまだに寝付きの良さを誇っている私であるが、先日の台風の夜は一睡もできなかった。自宅に居てこうなのだから、避難所で過ごしている人や何か異変にみまわれてしまった人はいかばかりだろうか。

最初は風の塊が転がって来るようでただ恐ろしかった。が、そのうちに音の違いに耳を澄ますようになった。仮に庭の木が倒れたとしても様子を見に出るわけにはいかない。それでも、今の音は？　と妄想が膨らみ、しまいには、何があっても他所にだけは飛んで行くなと念ずるようになった。眠れなくなるとはこういうことかと遅まきながら悟った。

長き夜のところどころを眠りけり　　今井杏太郎

〈夜長〉は、秋になって夏のころより長くなった夜の時間を楽しむ季語だ。長さを疎んじるのは本意ではない。ところどころしか眠れない、ではなく肯定形になっているところに改めて感じ入る。だが、作者が仮眠をとりながら遊んでいるとは思えない。締切に追われているとか、誰かを看取っているとか、何か切ないものを抱えているときの句ではないかと思う。

眠れなくなった理由はもうひとつあった。朝顔のプランターだ。つぼみがまだまだあるからでもあったが、良い種が採れそうな実が熟し切っておらず、つい欲が出たのだった。片づけておくべきだった――闇の底に沈んでいると気持ちまで這い回る。とうとう起きて電灯を点けた。停電になっていなくてありがたいこと。

秋灯を明ぅせよ秋灯を明ぅせよ　　星野立子

四時を回ると、急速に静かになってきた。すると時計の針の音が聞こえ始めた。ずっと起きていたせいか空腹を覚え、なんだか情けないぞ、と思った。

翌朝は、寝坊をしても寝不足は解消しないと思い定めて、さっと外へ飛び出した。

ねばりなき空にはしるや秋の雲　　丈草

台風はもう来なくてよいが、一過の空は高い。

（二〇一八年十月八日）

谷戸を歩けば

多摩歩きと称して、今の住まいの周辺の一歩外側を、有志で歩き始めた。住み始めて二十年にもなるのに、知らないところが多すぎると思ってのことだ。二度目に行くとまるで別の場所になっていたりもして焦るが、旅支度をしなくても出られる範囲なのだから、日常のサイクルをすっと逸れて赴くというスタンスで、のんびり歩いている。

十月の終わりは、とある幹線道路の脇から細長く伸びる谷戸へ踏み入って行った。刈り取りの済んだばかりの小さな田が何枚か続き、いちばん奥に背丈ほどの稲架が並んでいた。

稲刈って鳥入れかはる甲斐の空　　福田甲子雄《きねお》

私がいたのは、高低差のある森と森に挟まれた窪みであったが、日差しに佇んでいるとこの句が浮かんだ。作者は山梨県に生きた人。「入れかはる」がまさに盆地の空である。

茶の花垣に沿って進んでいくと、急に人の声が降って来た。日当たりのよい斜面で膝丈ほどの植物を、十四、五人もいただろうか、面積の割に多い人数で賑やかに刈り取り、束ね、干し上げていた。もしかして、蕎麦刈？　持っていた歳時記を繰ると〈そば刈るやまだしら花の有りながら　曾良〉と、まさに眼前の景が詠まれてあった。
山肌いちめんが真っ白に輝くのを指して「蕎麦の花」と教わったのはいつのことだったか。長野から新潟へ抜けるあたりであったと思う。身のまわりに同属のよく似た花を見ることはあるが、その実から蕎麦粉がとれる植物は山のものだと、今の今まで思い込んでいたようだ。
蕎麦刈の人々はボランティアで谷戸の再生にあたっているとのことであった。入口の稲架も彼らの手によるもので、来週は更にこの奥の畑で甘藷掘をするのだとか。

朴落葉喜ぶ人のため拾ふ　　茨木和生

収穫した蕎麦はこのあと新蕎麦となって週末の祭に供されるのだそうな。「みんなで作るから旨いのよ」。中のひとりが立って笑った。

（二〇一八年十一月十三日）

古墳を歩く

多摩丘陵の一角に住みついた者として、万葉集にも登場する「多摩の横山」は気になる存在だ。機会を作っては面影を求めて歩き回ったりもしている。だが、対岸の東京都側に続く小高い丘についていては、これまで意識したことがなかった。多摩川の西側の高みから東京都側を見はるかすと、丘の遥か向こう、新宿副都心のビル群や遠くスカイツリーまで、視線が伸びてしまうからかもしれない。最近これが単なる丘ではなく、古墳群であることを知った。足元に古墳が連なっていたのだとは！

先月の末、その一端である多摩川台公園へ赴いた。東急東横線と目黒線、多摩川線が交わる多摩川駅から公園入口までほんの数分。雑木林の中に多摩川を見下ろす遊歩道が伸びている。

よろこべばしきりに落つる木の実かな　　富安風生

ほぼ落ちきった様子の木の実や枯葉を踏みながら歩く道の片側に、ゆるやかな起伏が続く。それが古墳だ。この公園内には四世紀から七世紀に造られた十基があるという。祀られた人がいるということは、祀った人々がいるということ。千五百年に及ぶ光陰の向こう側を想像すると、何か心がしんとしてくる。

朴落葉いま銀となりうらがへる　山口青邨

この日は真上の空が雲に覆われ〈玉の如き小春日和を授かりし　松本たかし〉とはいかなかったが、川を隔てて西の方角の遠くの空が晴れていた。まさに、

遠山に日の当りたる枯野かな　高浜虚子

の構図そのままに、冠雪の富士が大きく、くっきりと。人出は今ひとつの日であったが、林が途切れ、視界が開けるところには、必ず人が佇んでいる。走り寄っては人に交じり、ほーっと遠富士を見つめることを繰り返していたら、すっかり冷えてしまった。

「よろこべば」の句の作者、富安風生は、富士を愛し、生涯に百句以上の佳吟を遺した。少々気が早いが、来年の平穏無事を願いつつ。

初富士の大きかりける汀かな　富安風生

（二〇一八年十二月十一日）

丘陵の五重の塔

五重の塔を見に行った。遠出したわけではない。わが家とは小田急線の線路を挟んで反対側の高台にあるのだ。

塔といえばこんな句がある。

塔二つ鶏頭枯れて立つ如し　沢木欣一

「當麻寺」と前書きがあり、塔二つは奈良県葛城市の當麻寺の、国宝東塔西塔のことだとわかる。二本の枯鶏頭がすっくと立つさまに似ているというのだ。季語を比喩に使ってはいるが、このときあたりはすっかり枯れていたのだろう。だからこそ塔の枯れざまも手に取るように見えたのだ。作者はこの翌年〈雪染めて枯鶏頭の紅雫〉と詠んでいる。作者にとって鶏頭とは、枯れても紅の滴るものだったのかもしれない。奈良時代から平安時代初期に建立されたという塔二つは、讃える心を以て枯鶏頭に見立てられているのだと思う。したたる紅は文化、あるいは技能であろう。

わが多摩丘陵の五重の塔は、香林寺の境内に昭和六十二（一九八七）年に建立された、青年僧のごとき塔である。その日私たちはバス組と歩き組の二手に分かれてアクセスした。バス組もバス停からは歩かねばならず、最後の坂に難儀した人もいたようだ。が、皆、塔を間近に仰ぎたい一心であった。私も、今はまだ平気だが、いつの日か歩き難くなるだろう。いや、これまでも幼い子がいるころは好き勝手はできなかった。親を送ったときも然り。したいことと、今できることを量りながら、できるようにやっていくしかないのだろう。だが、かつての私が、子連れで俳句を作りにおいで、と誘われて救われたように、手助けがあれば嬉しい人がいることも、心に留めておきたい。

年が明けてすぐの地震のニュースは衝撃であった。地元の方々は恐ろしいだけでなく、暗澹たる心持ちになられたことだろう。御見舞い申し上げる。

海溝を目無きものゆく去年今年　　大石悦子

得体の知れぬものの存在を忘れず、今の幸を幸と受け止め、今年も歩き始めよう。

（二〇一九年一月十四日）

雛に重ねる面影

三月三日が過ぎるや、人形店は端午の節句一色に早変わりしたが、雛と名残を惜しんでいるご家庭もおありだろうか。

わが家は三日の夜中に仕舞うのが常である。娘たちが存分に別れを惜しみ、寝静まった後にといえば聞こえは良いが、最近では夫と私とどちらが先にいい出すか、相手の出方をうかがっている節がある。

今わが家にあるのは娘たちの雛である。かつて私の両親が贈るといってくれたとき「小さな小さな内裏雛にしてね」と念を押したのだ。が実際には、玄関を通り抜けられるかというほどの巨大な箱が、どかどかとやって来た。

初雛の大き過ぎるを贈りけり　　草間時彦

この句には「孫　梢子」と前書がある。平成元（一九八九）年の作だから、梢子さんはうちの長女より少し年上だ。「贈りけり」は祖父母の喜びだが、「大き過ぎる」は息子夫婦からのクレームだったかもしれない。いや、礼より先に文句をいう不心得者は私くらいかもしれないが。

私自身の雛はずっと実家にあったが、家を仕舞ったときにはどこにも無かったので、おそらく母が入退院を繰り返すようになったころ、供養に出したのであろう。そういえば「持って行かないか」「行かない」というやりとりがあったような……。

雛を飾りながら、私は重ねた不孝の数々を思い出す。だからせめて雛納めは、両親がしてくれたように三日のうちに、と思うのだ。

うすやうに面輪ほのぼの雛納　　山口青邨

薄い紙か布に包みあげた雛だろう。別れがたく、もう一度見つめてから納めるのだ。

まず目鼻塞ぎ雛を納めたり　　宇多喜代子

誘拐犯か殺人鬼か、いや雛納めだという落差が愉快である。人形の頭部に薄紙を被せ、その上から目隠しをするように押さえの紙を掛け、頭の後ろでねじって留める。確かに私もまず目鼻を塞ぐ。美しさを維持するためなら鬼にだってなる、というのが女性かもしれない。

（二〇一九年三月五日）

山桜桃ショック

わが家のゆすらうめが危機に瀕している。根に近いところに花はあるが、上半分がしーんとしたままなのだ。

門扉の傍らにあるので、訪問者を引っ掻かないよう切り詰められながらも、直径八センチほどに育ってきた。毎年開花宣言にさきがけて初花を付け、日々、いや刻々と咲き満ちてゆく。

ゆすらうめ、といっても花の形は梅より桜に似ている。漢字で書くと山桜桃。つまりワイルドチェリーかと独り合点してもいる。花柄は無く、ほぼ同時に葉も出始めるので、淡いピンクと若い緑が押し合いへし合い枝に並ぶ。思わず口ずさむのは、

つばくらめ斬くまで竝《なら》ぶことのあり　中村草田男

息が触れるほど間近にしているせいか、私にとっては、もはや静物ではない。

花を終えると、ほぼ一〇〇%かと思う結実率で真っ赤な実を付ける。熟すのは梅雨にさしかかるころだ。植えた当初は小学生だった娘たちとその友だちがよく群がっていた。出

かけたはずの子の気配が消えず、不思議に思って覗くと実をつまんでいた、とか、帰って来たようだが玄関の扉がなかなか開かない、とか。上がり框に鞄を置いて再び消えるのは夫である。昔はランドセルを亀のように放っていたのだそうだ。

子ども来てまた取ってゆくゆすらうめ　　山口青邨

小粒で種はあるが甘く、果皮は薄い。鳥を呼ばないのが謎だったが、二階から見下ろしたときに氷解した。実が葉隠れになっていて、空から見つけにくいのだ。そういえば、人でないものが食い散らかした痕跡は、決まって枝葉を梳いた後にあった。そのときまでは、鳥と争わずに実を味わえる有り難い樹でもあるのだ。

だが子等が長じるにつれ実が余るようになってきた。試しに焼酎に漬けてみたら、ルビー色の美しい酒ができたのだが。

一人居の時の長さよゆすらうめ　　細見綾子

わが家のゆすらうめも、一人居の寂しさを訴えているのだろうか。

（二〇一九年四月一日）

北上へ花を追い

今年は思いのほか長く花時を楽しむことができた。関東圏では卒業式のころには咲き始めていたが、その後の冷え込みによって、めでたく入学式までもちこたえたのだ。そのうえ、花を追って北上するという贅沢をしてしまった。標高の高い所へ赴き、はからずも花の時を遡ることは日常的にもあり得るが、桜前線を追って自ら動くのは、日々の飯炊きを担う者にとっては目くるめく体験である。

最終目的地は岩手・北上の雑草園。俳人山口青邨（一八九二〜一九八八）の旧居である。元は東京・杉並にあったが、北上市の詩歌の森公園内に移築されているのだ。

身ほとりの花が大方散り、遅咲きの桜はまだ固い蕾であった四月後半、いつもの吟行メンバーが東京駅に集合した。朝からコートが要らないほどの陽気である。〈もうひとり待つて始まる花の旅　正子〉。もちろんアラ還以上の世代に遅刻は無い。

みちのく（道の奥）へも今や新幹線でぴゅーっと一走りである。永久の別れになることをも覚悟して芭蕉と曾良が旅立ったのは、たった三百年前のことだというのに。

車窓の景色は川を越えるたびに季節を巻き戻してゆく。あら辛夷が、と思うころには仙台に着いていた。芭蕉が「心もとなき日数重なるままに」差し掛かった白河の関も、気づかぬままに通過した模様。〈居眠りて過ぐ白河の花の関　正子〉。

両岸が緑に潤む川を渡ると北上駅である。コートのライナーを外してきたことを心から悔やみつつ、初日は花巻へ。宮澤賢治の里から、翌日高村光太郎山荘を経て北上へ戻り、雑草園へ。

わが書屋落花一片づつ降れり　　山口青邨

青邨は旅の一行の先生の先生である。桜は一片だに散らさぬ完璧な佇まいで、ちょうど花弁を散らしていたのは門の白梅であった。以前訪れたときには庭に居た石の蛙の姿が見えず。冬眠中？　そんなわけはないと思うが、また夏に来てみようか。

（二〇一九年五月六日）

ある日墨東にて

向島百花園はその名の通り東京都墨田区・向島にある都営の庭園である。開園は江戸時代の後期、文化文政期にさかのぼる。先の戦争で焼失し、別の用途を検討されたりもしながら、心ある人々の手によって、元の景観に近く戻されてきたのだという。

小作りな庭だが植栽が多様で石碑なども多く、人それぞれにゆっくり過ごしているようだ。私たち俳句の仲間にとっては、先生の先生にあたる山口青邨がかつて〈草の芽ははや八千種の情あり〉と詠んだ地であり、先生である黒田杏子が書斎代わりにもしていた場所である。縁あって私も毎月通い、作句した時期があった。数えていないが、句集に収めただけでも百句は下らないだろう。

五月の末の快晴の日曜日、何年かぶりに百花園へ赴いた。定例の句会が閉ざされてよりは、数えるほどしか来ていない。いつ来ても発見のある庭だが、さまざまなことを思い出して、さびしくもなるから。初めて来たのは確か……と考えていたら、「あれ？　高田さん？」と声がして飛び上がった。まさにそのときのメンバーだった方が、そこに佇んでおられた。

今もここで吟行を続けている会があることは知っていたが、その定例日に当たっていたのだった。分かってみればまるで不思議は無いが、本当に驚いた。その後立て続けに「おや、久しぶり」「今日はお一人？」「あ、別の句会ね」と挨拶を交わしながら、ようやくいつもの吟行モードに入っていったのだった。

その会は平成十四年二月から一年間、ここで開かれていた。私が百花園で作句したのもそのときが初めてということだ。当時の資料を探したところ、〈どくだみのつぼみ翡翠色のなみだ　安達美和子〉、〈木洩日を蟻一匹のさまよへる　石橋玖美子〉とこの日のことでもあるような句がいくつも見つかった。


さみどりの蟬のかたちとなりにけり　　城下洋二

まもなく蟬の季節。今年も暑くなるだろうか。

（二〇一九年六月三日）

十年は長し短し

異変はくしゃみの五連発から始まった。六月の半ば過ぎのことである。思い当たる節はあった。晴間を惜しむように、雑草を引いたり、庭木を梳いたりしていたから。ここに棲みついて二十年。小さな家ではあるが、要らぬものがわっさわっさと生えてくるようになった。他所様であれば〈雨上がりには草いきれするほどに　正子〉と感動してもいられるが、わが庭となるとそうはいかないものだ。

〈嚔〉〈水洟〉は冬の季語であるが、止まらぬ嚔、水っぽい洟は花粉症の証。杉や檜が収束してほっとしていたのに、もう夏の花粉症とはがっかりだ。

だが文句をいうだけでは済まず、熱まで出て来た。生来低温動物なので三十七度でもぼーっとしてしまうたちだが、みるみる上がって、後はおそろしくて計っていない。インフルエンザではないというので、熱が下がれば外に出られると喜んだが、その熱が下がらないのだ。

魂も汗を噴くちふ噴くならむ　相生垣瓜人

敷布団どころか畳に人の形の染みができているのではと思うほど、汗が流れた。定例の講座の一つは振り替えてもらうことにもなった。史上初の不覚である。

それでも炊事はなんとかこなしたし、朝のゴミ出しも、まとめるところまではできた。だが後片付けを前に力尽き、ゴミは持ち出すことができず。集積所はほんの数メートル先でしかないのに。洗濯は洗濯機がしてくれても、物干し場が、遠くないのに遠いのだ。ああ、これはまさに「高齢化問題」と同じではないか。

考えてみると似たようなことは十年前にもあった。当時は両親が存命であり、高齢化は親世代の問題であった。以後細心の注意を払ってきたせいか、「髙田さんって風邪引かないよねえ」といわれたこともあるくらいなのだが。十年はやはりひと昔であったな。

夏負けと云ふ仕来りに従へり　瓜人

「仕来り」には逆らえないということかもしれない。

（二〇一九年七月一日）

順に継ぎ送る心

七月に京都へ行くことが習慣となって十五年ほどになる。前世紀末の数年を大阪に暮らしたときに子連れ吟行を試みた仲間と、今は「祇園祭同窓会吟行」を重ねているのだ。

定宿に見て東山したたれり　　西嶋あさ子

子を連れて俳句を作ろうなどと考えた私たちも若かったが、付き合ってくれた子どもたちも実にえらかった。ゆえに懐かしさがつのるのだが、再結集に到った理由は別にある。仲間の一人の伴侶が四十五歳の若さで亡くなったのである。既に私は大阪を離れていたのだが、そのときの衝撃は忘れられない。

十五年続くと思って始めたわけではない。子育ての次は介護で、誰かが欠ける年もあった。更に、今年また一人の伴侶が亡くなった。飛ぶように動き回っていた私たちも、ゆるゆると歩くようになった。

一滴が一滴を生みしたたれる　　行方克巳

鎮魂と懐旧の行事ならば五山の送り火がふさわしかったかもしれない。ただ当時四十歳代であった私たちには、七月のどこかで会おうとだけ決めておくことが現実的であったのだ。

七月に家を空けると続けて八月もとはいかず、大文字はもう二十年来見ていない。

送り火の法も消えたり妙も消ゆ　　森　澄雄

私が大阪に暮らし始めた年はちょうど所属結社「藍生」の誕生年。後に関西例会となる「あんず句会」が嵯峨野の寂庵で開かれていた。そこで知己を得て数人で暗くなるのを待ち、桂川のたもとから遠望したのが確か船形。同行の年嵩のお二人は頼もしく、若輩を様々にお導きくださった。もしかすると今の私はかなり近い年齢になっているのではないか。……困ったことにまた気づいてしまった。

澄雄の句は昭和四十六年作。実際に送り火を見て詠まれた句だが、現世感も強い。実際「法は滅びてもいいけど、この世の妙は滅びては困る」という本人の言葉が、弟子の榎本好宏氏によって書き留められている。

（二〇一九年八月五日）

古人を追って

デジタルの時代趨勢には逆行するが、紙の本が好きである。稀覯本《きこうぼん》とは無縁なので、私の蔵書の市場的な価値はゼロに近いが、手に取ればさまざまなことを思い出すからだ。『武蔵野探勝』（初版は昭和十七（一九四二）年）もそうした一冊である。昭和五（一九三〇）年から毎月一回ずつ百回続けられた高浜虚子一門の吟行の記録で、当時のホトトギスの花形作家たちが交替で執筆している。私が持っているのは昭和四十四（一九六九）年に改版された普及版だが、「今入った古本屋に五千円で出ているが」と夫が電話を入れてくれて入手できたものである。携帯電話など持たなかった前世紀末のことだ。もちろん、

クリック又クリック涼し本漁る　　小川軽舟

ということもあり得なかった。この句の「涼し」には作者と同世代の者として実感を抱く。快感に酔い痴れてしまいそうだ。

『武蔵野探勝』はその後復刻版が出たようだが、ゴキブリに囓られた痕のあるこの一冊は、

他に代え難い。

また関東に戻ったら、いつか子どもの手が離れたら、と思いながら何年もが過ぎ、『武蔵野探勝』をたどる吟行を始めたのは平成二十四（二〇一二）年のこと。このコラムに頻出する「身近なメンバー」に永年幹事を自称してくださる方が現れたおかげで、先月八十五回目を行ったところだ。

今回の行き先は東京・府中の大國魂神社。虚子ご一行は第一回に訪れている。

秋風や欅のかげに五六人　高浜虚子

当日詠まれたこの句の碑が、参道の欅並木の一角にある。

実は前にも参道を歩いたことがあり、句碑がどの辺りにあるか知ってはいた。が、記憶より大きな句碑がたやすく見つけられ、戸惑ってしまった。どうやら欅の足元を深く覆っていた蔦が取り払われたためのようだ。代わって植え込まれていたのは蛇の髭。その実を龍の玉と呼ぶ。〈龍の玉深く蔵すといふことを　虚子〉。句碑はむきだしになってしまったが、冬に実がこぼれるころには、新しい趣が生まれているかもしれない。

（二〇一九年九月二日）

むかしも今も

相模川上流を歩いた。十月に入ってからは蒸し暑い日が続いているが、肌寒ささえ覚えた、雨もよいの九月半ばのことである。

降り立ったのはＪＲ藤野駅。

次の駅との間に、神奈川と山梨の県境がある。一つ手前の相模湖駅で降りれば湖を正面にすることができるが、藤野駅から少し奥へ入れば昔の与瀬の村の雰囲気を味わえるかもしれないという幹事の深慮が働いたのである。なにしろ与瀬は今や湖の底である。かつてそこにあったという鮎宿や吊橋を見ることはできない。が、川に寄ったり遠ざかったりする散策ルートを考えてくれたのだ。

相模川は深い緑色であった。あるか無きかの流れが向かう方角が相模湖である。水が澄むことはきっとないだろう。深く濁って静かに雨を待っているようだった。

ずぶ濡れのむかしもいまも葛の花　　鍵和田秞子

川に向かって下る斜面も、木々も、元の形がわからないほど葛に覆われている。去年は暑すぎてあまり咲かなかったが、今年は梅雨寒が長すぎたのだろうか。やはり花を堪能しないうちに季節が移ろうとしている。

それにしても高低差の激しい道筋である。最初は皆で固まって歩いていたが、糸がほぐれるように列が伸びてゆく。お一人がついて来ないので心配していたら、なんのことはない。落栗を拾い集めていたのだった。この辺りの土壌は栗に向いているようで、よく肥った栗がごろごろ落ちていた。

栗山の空谷ふかきところかな　芝　不器男

芝不器男は昭和の初めに二十七歳に満たない若さで亡くなった俳人である。四年ほどの制作期間に玉のごとき作品を生み遺している。

あなたなる夜雨の葛のあなたかな　芝　不器男

は、望郷の思いを葛に託した絶唱。かつて相模湖のダムの建設には大陸から強制連行された多くの人々が従事させられた。遠い祖国を思って涙した夜もあったことだろう。

（二〇一九年十月七日）

ソウルを歩く

ソウルへ行って来た。かの地には昨年設立二十五周年を祝った俳句会がある。その招きにあずかり、私にとっては十五年ぶりの韓国行となった。

ソウル俳句会は主に日本企業の駐在員と家族、日本文化に興味を抱く韓国在住者から成る。留学や仕事で滞在し、そのまま定住を決めた人もいる。日本国内の俳句会にはめったにない、経歴も日本語力もそれぞれな土壌に、俳句が脈々と育まれているのだ。

俳句会主催のイベントの会場はソウル大学構内にあり、初参加の大学生もいると聞いていたので、ワークショップ用には、初めてでも母語でなくても絶対に一句作ることができ、且つベテランにも面白がれる要素のある方法を考えてみた。先んじて日本国内の大学生に試しておいたから不安はなかったが、何しろ私自身が二度目の試み。参加メンバーと一緒に進行役もドキドキするひとときであった。

クローンの恋の思ひ出鳥渡る　　湊月呻

鯖雲や気怠い昼のキンパップ　向島かうり
栗ごはんだから今夜は皆で喰ふ　齊藤　歩
土曜日の深く静かな秋の雨　キムヘジン
帰り道ゆっくり歩く秋の雨　チェイェリン

その時の作品から。前の三句は俳句会のメンバーの、後の二句は大学生の作品である。キンパップは韓国の海苔巻のこと。数分で作り上げたとは思えないできばえではないか。先にパズルのピースを作って組み合わせるような作句のしかたをしたので、全く同じ句を出した二人も。〈土曜日の心臓ドックン秋うらら　パクソラ／佐田智子〉。二人はこのあと「妹よ」「My sister」とじゃれ合っていたな、そういえば。
翌日はソウルの西北、江華島へご案内いただいた。目の前の入江の向こうは北朝鮮である。

江華秋天支石墓の影傾ぐ　山口禮子『半島』（二〇一二年刊）

俳句会主宰のこの句のままに快晴続きの旅であった。

（二〇一九年十一月四日）

雨の動物園へ

川崎にも動物園があるんですよ、と聞いて即決した吟行地である。天気予報が二転三転して吹き降りの雨となった先月末、夢見ヶ崎動物公園を歩いた。

夢を見るのは動物？　それとも人間？　というネーミングかと思ったが、さにあらず。かの太田道灌の夢であるらしい。築城を考え得る立地であったが、夢見が悪かったためにとりやめたという言い伝えがある。もしかするとこの地に城が、と捉えれば川崎市民の夢といえなくもない。

長い坂を辿るか、急な階段を登るかして到達する小山のいただきには、動物園のほかに寺や神社、古墳の跡まである。日当たりがよい立地のせいか、紅葉もなかなか美しい。が、私たちの他に人影は無い。当然だ。大雨なのだから。

動物園で俳句。といっても、檻の狸は季語にならない。季語の狸は狩って狸汁にする狸なのだから。レッサーパンダに可愛い～と声をあげながら、詠むための入口を探し続ける。

樹のそばの現世や鶴の胸うごき　　飯島晴子

この句は上野動物園での作という。現世というからには、彼の世もしくは夢幻の世が意識されているだろう。目にしたのは檻の鶴であるが、晴子の深奥を通って生まれ出た作品は、視覚の鶴を超えている。

鶴には会わなかったし、象やライオンもいなかったが、背伸びして柵の向こう（つまり私たち）を覗くペンギン、おはようを連呼するインコ、目つきの悪い猿等々、期待以上に面白い動物がいた。

ペリカンの人のやうなる喧嘩かな　星野立子

フラミンゴ舎を通りかかったときに思い出した句だ。動物園の動物は、どこか人を思わせるところがある。

その日私は一つ訃報を受けていた。常ならば誰よりも早く来るはずの人の。朝、雨を突いて完全防備で次々にやってくるメンバーの姿を見ながら、

もう一人来よ時雨傘傾けて　高田正子

皆に伝えるのは、せめて暖かな部屋で。

（二〇一九年十二月二日）

松山を歩く

松山へ行って来た。一月末のことである。その後のひと月で世の中がこれほど変わると、そのときには思いもせず、空模様ばかりを気にしていた。立春前にはそんなのどかな日々もあったのだった。

最寄りの駅から羽田行きのバスに乗り込んだときにはたっぷりと曇っていた空も、空港に着くころには蓋がとれたように晴れ上がった。搭乗口近くのロビーからは、真正面に大きく富士山が。

ぼんやりと大きく出たり春の不二　　正岡子規

ちょうど一年前、羽田の隣町大森へ行った。その日は寒く、曇りがちであったが、晴れていたらきっとこんな富士が見えたに違いない。

飛行機は予告されていた揺れも無く、あっという間に島々が点在する海がきらきらと近づいてきて、松山空港着。

松山は俳句の都である。正岡子規や高浜虚子の名を出すより、今では夏井いつきさんを生んだ町というほうが早いだろう。かつて夏目漱石が教師として赴任したように、生前の金子兜太をはじめ著名な俳人たちが頻繁に訪れる町でもある。

「時間がありませんからちゃっちゃと行きましょう」。はつらつとした女性二人に連れられて町なかへ。中でも欠かせないのは一遍上人の誕生寺・宝厳寺。ここには私の師匠の黒田杏子の句碑がある。

稲光一遍上人徒跣　　黒田杏子

句碑は伊予の青石。刻まれた文字は少し丸みを帯びた昔の筆跡だ。年年歳歳、筆跡も同じではないことを改めて思う。

寺の裏手にぜひ見てほしい墓があるというので回りこむと、なんとその部分がすっぺりと更地になっている。つい最近どこかの自治体で起きたような「ミス」ではなく、合祀されたのではあろうが。

道のべに阿波の遍路の墓あはれ　　高浜虚子

この句のような墓がそここに見られる、伊予松山は懐の深い町なのだそうだ。

（二〇二〇年三月二日）

青空の下で

朝いつも通りに目が覚めると嬉しい。朝刊が届く音に起こされることさえも。今日も元気でありがとう。心の中で呼びかけて、私も布団をはね上げる。

三月の終わりに近所の枝垂桜を見に行った。まだ自粛要請の出る前のことである。五分咲きくらいだったろうか。前日までの強風も収まり、うらうらとよい天気になった。

まさをなる空よりしだれざくらかな　　富安風生

風生の「しだれざくら」は市川・真間山弘法寺の伏姫桜である。樹齢四百年とか。この句が詠まれたのは昭和の初めだから、当時の樹齢は三百年とちょっと、などと細かいことを考える。近所の枝垂桜は二百歳らしいが、枝ぶりのそそけ具合が著しい。

来年が必ずしも約束されるものでないことは、この桜のみならず、人にもあてはまる。そんなことを思いながら、このところ毎年決まったメンバーで集まっている。今年は宴無しの、桜を見るだけの会と称し、自分のお尻が収まる程度のシートを各自が持参。一メートルくらいずつ離れていびつな円陣を組んでいたら、通りすがりに「あらあ、離れてお花見？」と声をかけてゆく人がいた。どうせ変な集団に見えているなら、とばかりに短冊が登場し、句会までしてしまった。青空句会は爽快であったが、お肌にはよろしくない。
花粉症の私には、マスクを外さないと飲めない食えないという悩ましさから解放された花見にもなった。

逢ふときは目をそらさずにマスクとる　　仙田洋子

こんな色っぽいマスクはとったことがない。
今や貴重品となったマスクだが、入手できなくなる前から家では布のマスクを愛用している。赤ん坊のおむつの使い分けみたいなものだというと、女性には通じ易くなるが、男性にはどうも不興だ。

乳呑児のしと三秒や梨の花　　三橋敏雄

こんなに美しく愛らしい句を男性俳人が詠んでいることを教えてあげたいものだ。

（二〇二〇年四月六日）

薔薇はわがまま？

一日が短い。朝起きて、三度飯を食うたらもう夜だ。生まれてこの方、基本的にはこれを繰り返してきたはずだが、時間に置いて行かれている気がするのはなぜだろう。もしかして「桜」ではないかと思い始めている。今年の桜のシーンを思い返すと、咲き出して満ちる手前のところで記憶が止まっている。

空をゆく一かたまりの花吹雪　　高野素十

この句のような景を見てはいる。だから心の問題に違いないのだが、今やどの樹も葉桜じゃないか！　と呆然としている。じたばたしているうちにも季節は移ろっている。一方で家居がちだからこそ気づき得ることもある。

昨年の初夏、手のひらに乗るくらいの薔薇の鉢が到来した。某通販の販促用品と記すと味気ないが、誕生日のころに届いたのでプレゼントとしてしばらく楽しみ、花のあとは大きな鉢に植え替えてみた。すると元の姿が思い出せぬほどに丈が伸び、枝葉を茂らせ、次々につぼみをつけ始めたのだ。しかし秋が深まるにつれ虫がついたらしく、みるみる消沈。消毒を試み、室内の日当たりのよい場所に移し、そして今年を迎えたのだった。「星の王子さま」になった気分だとぼやきつつ、

冬薔薇紅く咲かんと黒みもつ　細見綾子

そうかしら？　とのぞき込み、いやいや、室内の薔薇だから、

室咲きの花淡くして日も薄し　水原秋櫻子

こちらかも、などと目を細めたりしていたのであった。

だがそれで済まぬのが薔薇の薔薇たるゆえんだろうか。

四月。水やりのついでに鉢の向きを変えると、はらと白い粉が舞うようになった。わが家には梅などのバラ科の植物が多いのだが、バラ科バラ属の薔薇さまはこれが初めてである。調べると「うどん粉病」によるものであった……。

かように地球のおばさんを翻弄し、束の間現実を忘れさせてくれる薔薇なのであった。

（二〇二〇年五月四日）

ご近所を歩く

オンラインによるあれこれが始まって、早ひと月を越えた。天候と体調を気にしなくてよいことと、往復の時間がかからないことは確かにメリットと認めよう。だが、昨今の私がしていたことは、対面でないと楽しくないことばかりだった。人との接触を避けていては成り立たず、切ない。ああ、夢だったらいいのに。

　ＮＯと応へむ昼寝より覚めたれば　　黒田杏子

また私を含め、突然この状況に投げ込まれた人ばかりだから、事前準備、事後の回収、過程の質疑応答と、それはそれは時間がかかる。パソコンのあたりはコックピットと化した。体中に悪いものが溜まってきた気がする。

これはいけないと、やはりテレワークの夫と近所をせっせと歩いている。散歩に関しては夫のほうが先輩なのだが、おじさんの一人歩きは怪しいから、と同行している。

近所とはいえど、自治会費の集金に歩き回った範囲を越えると、ふだんは立ち入らないゾーンになる。きょろきょろせずに歩くほうが難しい。おじさんよりおばさんのほうが、よほど怪しそうだ。
得もいわれぬ甘い香りは、定家葛である。

虚空より定家葛の花かをる　長谷川 櫂

そういえば以前、見事な定家葛の生垣のお宅があった。花どきには帰宅ルートを変えて密かに楽しんでいたのだが。今は新築が三軒建っている。

桑の実の熟れ垂りぬふるさとのごと　日野草城

なんと桑の実も発見した。こちらは昔々子ども会の行事で分け入った山道で。しばらく通行止めになっている間にすっかり整備されてしまい、足が向かなくなっていたのだが。所々に昔の気配を嗅ぎ当てられたのは幸いだった。夫はしきりに、この桑の実は上品すぎるとぼやいていた。整備されすぎて栄養が足りなくなったのかもしれない。

桑の実の毛虫に似たる恨み哉　正岡子規

（二〇二〇年六月一日）

実梅をめぐる話

裸足で過ごすことが多くなった。もともと真夏は裸足主義なのだが、今年は梅雨のさなかから裸足である。なにしろ家居がちの昨今、靴下の着脱は自由自在。少しでも冷えを感じたら、すぐに履けばよいのだから。

そうなってみると床のざらつきや、べたつきは見逃せない。少し湿らせた雑巾でさっと拭き回ることが朝飯前の日課となった。

うしろより忽然と日や梅雨あがる　加藤楸邨

その日の天気の移り具合も足の裏で察知できる。梅雨明けのさらさらの感触を待ち望む、わが足の裏である。

わが家にはもう一つ、強い日差しを待つものがある。壺の梅である。三日三晩干しあげるのだが、どんな夏であるかによって、成果は大きく異なるのだ。

干梅のやはらかさ指触れねども　山口誓子

有難く干梅に皺生れけり　藤田湘子

どちらも男性作家の作品である。誓子に至っては、壺をのぞきこんで紫蘇の具合まで見ていたようだ。今年はわが夫もテレワークで在宅がち。干梅の天地返しを手伝ってもらおうか。菜箸を使うと腕がつるといいそうだから、竹のトングなどを準備しよう。

梅漬けて母はいのちを延ばすなり　野澤節子

節子の母はこのとき病後であったようだ。わが母も、亡くなってもう十年になるが、ふらふらしながら干しあげた年もあったようだ。作ってくれる人がいなくなって、私の梅干歴も十年である。

二十年前この地にやって来たとき、まず梅の苗を植えた。梅干には南高梅という聞きかじりの知識で選んだが、毎年一家には多すぎるほど実ってくれる。梅干を作る必要の無かったころは梅酒を漬けていたが、消費が追い付かず、今では青梅はシロップと醬油漬に、熟した梅は梅干と煮梅にしている。あえて文句をつければ、締切がたてこんでいるときに限って、しきりに実を落とすのが困りものだ。

（二〇二〇年七月六日）

ある日、公園で

外での仕事はぼちぼち復活しつつあるが、もっとも身近なメンバーによる吟行句会がまだ目覚めていない。それぞれの立場を尊重すると、全員そろっての行動になかなか移れないのだ。

だが、俳句を作ることを目的とした者どうしで歩きたいという気持ちはやみがたく、ちょうど同じ思いであった近所にお住まいの俳人・高浦銘子さんと、公園の入口で待ち合わせることにした。駅からは遠いが、私たちにとっては身近、かつ広大な公園である。

物語して夕顔のひらくまで　　高浦銘子

その日は前日からの大雨が朝になっても止まず、予定をいったん保留にし、昼の支度などをしながら待つこと数時間。「明るんできた」「出よう」。夕顔が咲くまで待たずに済んでよかった。

銘子さんは車、私は徒歩で。再びの大雨対策として長靴を履いてみたが、かえって歩きづらい。そういえば避難の際はスニーカーでと最近教わった。なるほど！

時鳥靴音高き人もきく　細見綾子

雨はすっかり上がり、なんと晴れてくる気配すら。長靴より日焼け止めが必要だった。時鳥の声を期待しながら、公園という名の丘陵地へ踏み入る。人様に会うときのエチケットとして当然のようにマスクをしていたが、樹々の放つ精気のせいだろうか、歩き出すとすぐに眼鏡が曇って曇って。

二メートル離れて静かに歩くからマスク外してもいい？

親しさと礼儀の半々でこういうことに。リモートでの仕事は隔靴掻痒なことも多いが、マスクをせずに話せることだけはよい、などと考えていたら、つい最近仲間の一人が〈木下闇ひとりマスクの熱冷ます　杉本恭子〉と詠んでいたことを思い出した。転職してはりきっていた彼女が、ひとり木蔭でほっとするときも、それを緑蔭ではなく木下闇と呼んでいる。せつない。

その公園で私は、お喋りはできなくても同じ空間に身を置くよろしさを味わったのだった。

（二〇二〇年八月三日）

秋の足音

鉦叩が鳴き始めた。そう思っていたら、蟋蟀《こおろぎ》も。数日のうちに、ささやかながら虫時雨といえなくもないボリュームになってきた。

今年は八月二十三日が処暑であった。処暑は二十四節気の一つで、このころ暑さが一段落するとされる。去年までは、残暑でしかないと憤然としていたが、今年はちょうどそのころ朝晩が過ごしやすくなった。鉦叩の声を聴きとめたのも、同じころである。


鳴く虫のたゞしく置ける間なりけり　　久保田万太郎

そう思っていたら、危険な暑さがよみがえり、朝から蟬時雨のなんと元気なこと。

わが家の朝顔は梅雨どきが花盛りだったようで、秋が立つころにはさっぱり花を付けなくなっていた。本来は秋の（ちょうど夏休みの時期の）花なのだが。実もいつもならまだ生々しい緑ばかりだが、すでに来年用の種を採り終えた。それが驚いたことに、再び日を追って花数を増やしている。やっと秋が来たと思っているのだろうか。虫の声を聴きながら、明日の朝咲く朝顔のつぼみを数えるのが、ささやかな宵の楽しみとなった。

学校が好き朝顔に水をやる　津田清子

「学校が好き」なこの子は朝早く水やりのために登校しているのだろうか。「あら、○○ちゃん、えらいわねえ」と通りがかりのご近所さんが声をかけてくれたりして。それとも、皆で種をまいた教材のプラスチックの鉢の朝顔を、自宅に持ち帰ってからもせっせと世話をしているのだろうか。

いや待て。朝顔の種まきは五月である。今年の五月、校門は閉じられ、自粛生活の真っ只中だった。学校の朝顔、今年はいかに?

朝顔の双葉のどこか濡れゐたる　高野素十

素十の代表作の一句。眼前の景を写生したのではなく、昼間見た双葉の姿を思い浮かべて、夜詠んだのだという。そんな「そういえば」を子どもたちには一つでも多く胸にたたんでおいてほしいと願う。

（二〇二〇年九月七日）

月に鳴く？

何年か前までは風呂場の窓に出たわが家の守宮《やもり》は、しばらくの無沙汰を経て、昨今は門柱のあたりに出没するようになった。
夕刻薄明るいうちは門扉と門柱の隙間に潜んでいて、郵便受けをがたつかせると、うるさそうに姿を消す。暗くなって人の出入りが一段落すると、どこからともなく迫り出してきて、門灯のたもとで仰ぐような体勢をとる。灯に寄る虫を捕らえようと待機しているのだろうが、腕立て伏せのしそこないのような姿が楽しくて、いつも見入ってしまう。

月光に張り付いてゐる守宮かな　　小島　健

わが家の守宮はまだちょろついているが、本来は夏の季語である。この句の月は「夏の月」と読み取ってよいだろう。窓ガラスのような素通しのところに張り付いた守宮が、月光にシルエットになっているさまを思う。なんとなく涼し気ではないか。

そういえば今年の夏は姿を見ない日も多々あった。人も茹だってしまったが、守宮にも辺りが熱すぎたに違いない。

とあるところで、守宮の子をつまむと鳴くと聞いた。聞いてみたくてしかたがないのだが「つまむと鳴くんだって」と漏らしたがために「絶対にやるなよ」と禁じられてしまった。出動時間帯はだいたい決まっていて、夜中に気まぐれに見に行ってももういない。十月一日の十五夜には、門灯と月と、見事に二つを仰いでいた。月に吠える姿に見えなくもなかった。

（二〇二〇年十月十三日）

初冬の日和

何もしていなくても時間は過ぎると、身をもって知った今年。はや冬である。もっとも急に冷え込んで早々にコートを出した秋であったから、晴れてもアクティブに〈秋晴〉というより、ぬくぬくと〈小春日和〉の心持ちになってはいた。もし十一月が小六月の異称通りに暖かければ、味わい損ねた秋を求めて〈秋晴〉の気分になりそうで、さあ〈紅葉狩〉だとむずむずするかもしれない。紅葉も黄葉も、また落葉も美しい季節となった。

落葉のせ水は流れを忘れをり　星野　椿

箒を持っているときは格闘の対象である落葉も、句帳を持てば、拾ったり踏みしだいたり親しい仲間となる。この句の水が忘れたのは、高低差で生じる流れというより、水の性であろう。冬の日をたたえてとろんとした水面に、火の色の落葉が一枚。そんな景を思う。昼日中は背中が燃えそうであっても、午後二時を回ると日差しが斜めになり、三時には夕方が始まる。水も再び流れることを思い出すだろう。

今年関東地方に木枯一号が吹いたのは、立冬前の十一月四日であった。俳句では〈凩〉とも書き、初冬の季語である。季語には風速などの条件は無いが、木々の葉を吹き散らす（つまり枯らす）風ゆえ、木の葉が枝に残っている必要がある。ものいいがかくもしつこいのは、季語を知る前の私自身が、枯れた枝をうならせて吹く風のことと思っていた節があるからだ。凩と書くと、今も耳もとに〈虎落笛《もがりぶえ》〉がひょうと鳴る。

（二〇二〇年十一月十六日）

ゆく年くる年

静かに過ごすことを推奨される年の暮と相成った。私はすでに故郷を仕舞った者ゆえマイペースこの上ないが、帰省を迷う人々には気の毒なことである。だが本来、年末年始とは静かに過ごすものではなかったか。いつからかくも騒々しいものになってしまったのだろう。

今朝よりは師走を刻む大時計　蓬田紀枝子

そもそも月のけじめが曖昧になった。師に限らず年中走り回っているから、その勢いのまま、といえば聞こえはいいが、ほぼ惰性で月をまたぐ。「さあ師走だ」と姿勢を正す作者は、仕事納めまでの段取りを組み、来年への準備を粛々と進める人であろう。「大時計」は毎日ねじを巻く柱時計かもしれない。

「正月事始」という季語がある。十二月十三日。常ならば祇園の事始の華やかな映像がテレビ画面をあふれる。今年は年賀状の売れ行きが回復したことや初詣の前倒しをニュースが告げていた。来年はスーパーも三が日は休むのだとか。少し昔に返った正月を過ごすことになりそうだ。

笊一つ今年も買ひぬ年用意　　榎本とし

作者は一九一二（明治四十五）年生まれ。一九八六（昭和六十一）年歳末の句である。毎年一つずつ新調するのはきっと竹の笊だ。年越蕎麦を茹でこぼすとき、よき香りの笊で受けるのかもしれない。作句当時はバブルの最中であるが、浮かれず、自分の暮らし方を貫かれた人であろう。

不条理をかみしめた今年ではあった。ともあれ明るい年が来ることを祈ろう。

（二〇二〇年十二月二十八日）

ひとり言な日々

行きつけの場所が増えた。このところ私の中でぐっと存在感を増している。なにしろバス一本で行ける。乗り換えも乗り継ぎもいらない。ただし三十分に一本のバスに、三十分ほど乗るのだが。

そこは谷戸ひとつ分を大きく囲んで公園となしている場所である。立春前にも赴いたが、広くて人影はまばら。花粉症でさえなければ、マスク無しでも歩けるほどだ。湿地帯には木道が続き、長い階段には手すりが施されている。人の手が加えられているが、きれいになりすぎてはいない。手袋落として行ったの誰？　とか、夢が駆け廻りそうな枯野かも！とか、心の内でつぶやいていているとひとりであることを忘れる。

園丁の冬の仕事の椅子造り

西村和子

花のあるときも無いときも、園丁の仕事は多種多様にある。「椅子造り」は落葉や枯葉が一段落した後の、春を待つ仕事だろう。大きい椅子や小さい椅子を、訪れる人を思いながら造る。そして置く場所にも心を配る。園内を知り尽くした園丁ならではの仕事だ。行きつけの公園は谷の底を長く歩くが、朝一番に日の当たる所、午後は入れ替わっていつまでも日の当たる所に椅子が置かれている。

今年は初富士もこの公園の高台から遠望した。昨年末は雪が無く青々としていた富士山が、見事に白かった。実は二月には二度目の遠富士を期待していたのだが。富士を隠す雲はなめたら甘そうな春の雲だと思った。春の雲、と少しのどかにつぶやいてみた。

（二〇二一年二月十六日）

満ちよ、さくら

春雷が近づいてきて、どこやらに一撃を加えて去った土曜日の午後。リモートによる講評会に臨んだ。画面越しに授業ではなく、未知の方も交えて繋がるのは、私にはこれが初めてのことである。
この講評会を開いたのは「季語と歳時記の会」と「日本学校俳句研究会」である。共催の「全国小中学生俳句大会」は今回でちょうど十回目となった。つまり東日本大震災から新型コロナ禍へと、重い節目をつないだことになる。改めてこの十年をふり返ることにもなった。

こおろぎは風に♪をつけている　　田中保希（江東区立東陽中一年）

これは第十回の大賞作品。キーボードで「おんぷ」と入力すれば♪が出てくる世であるが、大人ばかりの俳句大会にこの発想はおそらく無い。

学校に行けばいくほどさくらさく　福井瑠菜（我孫子市立新木小四年）

この句は私が特選でいただいた。桜は条件が整えば咲くときは咲く。だが昨年の一斉休校を体験して詠まれた句であることを、思わずにはいられない。昨年中途で見てもらえなくなった学校の桜は、咲くのを止めてしまったかもしれない……。

そんなことを思うのは、私自身の昨年の桜の記憶が途切れているからだ。食料品の買い出しの道すがら、飛花も落花も目にしたはずなのだが。

春雷を伴った大雨により、開花が一層早まるという今年の桜。花見の宴ははなから諦めているが、何人なら連れだって歩いても平気かと皮算用をくり返している。マスクは三重にかけたっていいと思う今日この頃である。

（二〇二一年三月二十二日）

春惜しむ

今年の花は早かったねえと目で（！）語り合いながら、名残の花の下を歩いたのは三月の末のこと。早ひと月である。花過ぎの日々もまた早い。

歩いたのは川崎・二ヶ領用水沿いである。その名の通り二つの領地（稲毛領と川崎領）にまたがって流れている。全長三十二キロを多摩川に並行して海に到るという。かれこれ二十年も前のことになるが、上流の染井吉野の並木を歩いたことがある。もう一度と思いつつ果たせずにいるが、記憶の水面は鏡のように静かである。

さまざまの事おもひ出す桜かな　　芭蕉

そのときにご案内くださった方はすでに鬼籍に入られた。今わが庭を埋め尽くす白花のオキザリスと春咲きの水仙は、その方の庭から譲り受けたものだ。こうして事々はさまざまに深くなりゆくと、芭蕉（享年五十一）の年齢を超えるころから思い始めた気がしている。

今回赴いたのは中流域にあたる。この冬、通りすがりに枝垂桜（そのときは枯木の）を見かけ、状況が許せば花の下を歩こうと思い定めたのだった。花を待ち、咲きだせば心逸らせ、飛花のゆくえを追い、実に落ち着かぬ春の日々であった。
実際に用水に沿って歩いた日には「花は葉に」どころか、すでに青い実すら。

行く春を近江の人と惜しみける　　芭蕉

このご時世ゆえ神奈川の私は神奈川の人と、ということになろうが、初夏へのカウントダウンを楽しもうと思う。

（二〇二一年四月二十六日）

お大師さまの雀

朝から四十雀がかまびすしい。ツツピー、ツツピー、グジュグジュ……。声が近いと思ったら、すぐ裏手の駐車場にいた。

四十雀絵より小さく来たりけり　中西夕紀

雀より心持ち小さく見えるのは、体の割に尾が長いからかもしれない。胸から腹へ走る黒い筋がネクタイのように見える小鳥だ。留鳥なので年中見かけるが、ツツピーは今だけの囀り。鳴き真似をしたら変な声を出して去ってしまった。「あそぼ」と呼びかけたつもりだったが「きけん」とみなされたようだ。

雀といえば近ごろめっきり姿を見なくなった。ここへ越してきた二十年前には、種を蒔くとすぐにほじくりに来ていたものだが。この辺りも建て替えが進み、軒の深い瓦屋根の家が無くなってきたせいかもしれない。

そんなことを改めて思ったのは、梅雨の走りの雨が上がり、川崎大師へ赴いた日のこと。めっぽう静かな表参道を抜け山門をくぐると、そこは雀のサンクチュアリであった。かつて〈いくぶんか小さき方が雀の子　正子〉と詠んだことがあるが、そのときは一方が餌をもらうまで親子関係が判然としなかった。だがその日の雀の子は、ぼさぼさの寝起きのような姿で、くちばしも黄色い。親鳥について回り、ポテッと地に降り（いや、落ち）どうしようという顔つきになったりもして。ヒヨヒヨというささやきに似た声を聴きながら、隙間だらけの木造建築の数々を、ありがたく見回したのであった。

（二〇二一年五月三十一日）

蛍の機嫌

蛍を見に行く予定であった。行けなかったのは二年越しの疫禍のせいではない。蛍の出がよくなかったからである。

身近なメンバーで蛍狩吟行を始めて何年かになる。近隣の谷戸に住むおひとりが、夜の散歩を重ねてその年の動向をさぐり、ご案内くださるのだ。

一の橋二の橋ほたるふぶきけり　黒田杏子

私たちが向かうのはいわゆる名所ではないので、蛍ふぶきも蛍散華もあり得ないが、日々の暮らしの裏側へふっと入り込む感覚が面白く、たちまち恒例の行事となった。さすがに昨年はとりやめたが、今年は「距離」を保って敢行する予定だったのだ。

濃尾平野の一角に私は生まれ育ったが、ふるさとで蛍を見た記憶がない。夜は眠くなる子どもではあったが、そもそも身近な水辺に蛍はいなかったと思う。おたまじゃくしを捕って遊んでいた田が滑らかに掻かれ、一面に水が張られると、ある日匂いが変わり、しーんと異様な静寂に包まれる。もうここで遊んではいけない合図として受け止めていたが、つまりは農薬散布が行われていたのであった。かの『沈黙の春』(R・カーソン著)は知る由もなかったが、子どもなりに沈黙の夏を体感していたということだ。

ゆえに生活圏内で自然に発生した蛍を見られるという事実こそがありがたく、また驚きでもあったのだ。蛍案内人の労をねぎらいつつ、来年の復活を祈ることとしよう。

ほうたるの今日の機嫌の水の音　　高田正子

(二〇二一年七月五日)

オクラが咲けば

パン作りとガーデニングがはやっているという。私も子どもが幼いころ、パン作りにはまった。家にいなければならないのならば、家にいてこそできることをと考えるのは、疫禍であろうとなかろうと同じだ。パン焼き器はもちろん、一時は天然酵母の発酵器も使った。どれだけでも凝れるのがパン作りの醍醐味であろう。子らが長じるにつれ、菓子を一緒に焼くという作業も加わった。これもまた二兎を追える楽しみであった。だがもうしないと決めている。消費が追いつかないからである。もったいないからと余りを食べて、母の腹回りのみが成長するのは困るのだ。

今の家に移って土が近い暮らしとなった。フリルの多いきれいな花は好まないのでガーデニングとは呼べそうにないが、自由に掘り返す楽しみを知った。今年の「緑のカーテン」にはいつものメンバーに縷紅草《るこうそう》とオクラが加わっている。

縷紅草からみからみて咲きのぼる　　飴山　實

縷紅草はともかく何故オクラ？　店頭に苗を見つけてその気になった。蔓植物ではないが、丈が高く葉が大きいので良い影を作る。花はレモン色で棉や芙蓉に似ている。かれこれ十年、いや二十年になるだろうか。実家の父がオクラの種を蒔いた年がある。庭中オクラだらけと母は怒っていたが、さぞかし美しかったことだろう。実用よりロマンをとったな、父。炒めると大量消費ができるよと、今なら教えてあげられるのに。

父の忌が過ぎて母の忌オクラ咲く　　高田正子

（二〇二一年八月九日）

「カガ」と「カニ」

去年もよく降ったが今年も長い雨である。秋の雨を〈秋霖〉と呼ぶこともあるが、そんな美しい語は使いたくない降りようである。そして寒い。例年秋口にすこぶる元気になって迷惑な蚊も、今年はおとなしい。蚊は夏の季語であるが、我々同様好みの気温帯があり、日本の夏は今や暑すぎるのだ。そのうえ秋が短くなってさぞかし困っていることだろう。

溢れ蚊は頭にさへも食ひ付けり　　相生垣瓜人

溢《あぶ》れ蚊は秋の蚊のこと。お写真から推測するに、これはご自身の「頭」だろう。〈山の蚊が和尚の頭にもとまる〉は作句当時三十代の私の句だが、その蚊を打つわけにもいかず、実に困ったときのこと。

さて食い付くといえば、昔々ようやくことばの出始めた長女が、むっちりした腕を指して「カガが…」と訴えた日を思い出す。一瞬聞きまちがいかと思ったが、「蚊が食った」

という親のことばから「カガ」という虫を認知したのだろう。

寺の蚊のすぐ来てさしぬ帰るべし　　星野立子

食う派だったか刺す派だったかは定かでないが、それから数年後、今度は次女がすっ飛んできて叫んだ。「カニに！」。「蚊に」刺されたねえ、かゆいねえと薬を塗ってやっていたのだろう。それ以来「悪いカガだねえ」、「カニ、やっつけた？」とわざと語りかけもした。「カガ（カニ）じゃないでしょ。カ！」とムキになって直してくるのが楽しくて。

近ごろふと気付くと思い出にふけっている。昔の母や祖母みたいに！

（二〇二一年九月十四日）

晴天の里山にて

「今年はお彼岸が早いよ」と、なじみの植木屋さんがいった。九月の初め、雨続きで残暑が急速に収まったころのことだ。暦の彼岸はもちろん動かないが、秋の進行の速さをこう表し、おそらく備えてもおられるのだろう。さらに「金木犀のつぼみがもう潤み始めている」とも。今年は桜も早かったが、木犀よ、お前もかと思っていたら、翌日にはもう朝の風が香っていた。

木犀の潤みはじめの香なりけり　　髙田正子

その後しばらくして、長雨の狭間の天気に恵まれた日、いつもの生活圏から一歩離れた里山を歩いた。萩や葛はもう名残の花めいているし、彼岸花は彼岸前に花盛りだし、と同行の数名で茶々を入れていると、畑に見慣れぬ花が。「葉がどう見てもさつまいもだから、これはさつまいもの花だよね？」「花、咲くのか！」「さつまいもってヒルガオ科？　葉も花もヒルガオを大きくしたみたいじゃないの」と考えてみればもっともな現実を、生まれて初めて目の当たりにした私たちなのであった。

俳句によく登場するイモは〈甘藷〉〈馬鈴薯〉〈里芋〉であろう。〈藷〉〈薯〉〈芋〉と書いてイモと読むこともある。このうち花を意識し易いのは〈馬鈴薯〉だろう。歳時記の項目も幾度読んだか知れないが、改めて眺めるとその隣には確かに〈甘藷の花〉が。あら〜。ただ本州ではめったに見られない花だという。暑すぎた夏、雨続きの秋に時計が狂ってしまったのだろうか。

ほのぼのと藷の色なり藷の花　　高田正子

（二〇二一年十月十八日）

小春の築地まで

小春日和の土曜日、東京・築地本願寺の報恩講へ出かけた。報恩講は親鸞聖人の忌日を修する、浄土真宗の大切な法要だが、門外漢の私にとっては、季語であることしか知らなかった行事である。

烟が出て報恩講の大廂　大嶽青児

今年は規模を縮小して決行します、と耳にしたのは緊急事態宣言下にあったころ。この間、延期もしくは中止の憂き目に遭った企画は実に多いが、宗教行事は殊のほか善男善女が悲しむだろうと考えていたら、父の実家が浄土真宗であったことを思い出した。ご縁、ありました。

楽しいことは分かち合う、つまり誘い合わせてついでに句会を、という段取りでいたところ、それがよこしまな心であったか、先月末、足の骨にヒビが入るという事態に見舞われた。自粛も謹慎も同じだよと変な慰められ方をしながら過ごすこと三週間。完治とは誰からもいわれていないが、サポーターをきつく巻いて出かけることにしたのだった。

地下鉄の乗り換えをこれほど精査したことはない。山越え谷越えの心持ちであったが、傘をさす天気でなかったのが幸い。報恩講のころは晴れることが多いらしく「御講日和」なる語が、歳時記だけでなく広辞苑にも載っている。「御講小袖」は着物を新調して参詣した昔を語っていようか。季節の楽しみとして暮らしに根付いていたことが想像できる。

そして私たちは御講句会をファミレスの一隅で実現させた。けんけんで出かけた善女を憐れみ給うたのかもしれない。

俳諧の他力を信じ親鸞忌　深見けん二

（二〇二一年十一月二十二日）

待つ楽しみ

繁盛を願はぬ職も酉の市　　細谷喨々

最近拝読した句集『父の夜食』所収。思わず吹き出し、そして切なくなった。作者は小児科専門の医師としてあまたの命を救ってきた方であるが、確かに「繁盛」はしないほうがいい。

この句は二〇一〇年の作である。もし同様の趣旨で現在を詠むとすると、もっと切羽詰まったものになるだろう。新型コロナで多忙を極めるほど、病院が経営難に陥るとも聞く。変な話だ。身を挺して仁術を施してくださる方々へ正当な「繁盛」を！　先月思わぬけがをしてお世話になった者として、改めてそう思う。

歳晩のショーウインドに映り待つ　　西村和子

ご時世柄とはいえ、きらきらしたところと疎遠になって久しい。きらきらを取り込まないと枯れそうだが、私にとって諦められないのは「待つ」ほうかもしれない。先日も東京・上野の不忍池のほとりで待ち合わせをした。吟行のためである。真夏には背丈ほどに育って池を覆っていた蓮が、茫々と枯れわたっていた。

枯蓮のうごく時きてみなうごく　　西東三鬼

ぽっきりと折れて枯れた葉をぶら下げている間はそういうこともあろう。先端が失せ、棒状に紅を帯びて日差しに立ち並ぶさまは、いっそ清々しく美しい。そこへ青い閃光が。翡翠《かわせみ》である。一茎が翡翠の重みに大きく弧を描いて立ち揺らぐ。年明けには蓮を刈る舟が出るという。楽しみである。

（二〇二一年十二月二十七日）

バレンタイン効果

リモートの世となり、義理チョコや本命チョコよりご褒美チョコの売り上げが伸びたのだそうな。私たちは今、自助、自粛、自律と「自」を求められる自縛の民である。はまるなら甘い罠がいい。癒やしもセルフならばせめて楽しく、の心だろうか。

いつ渡そバレンタインのチョコレート　田畑美穂女

昨日のバレンタインデー。休校中につき、こういうドキドキを味わえなかった女子たちもいたことだろう。友チョコという異性間に限らないお楽しみチョコも、お預けになったかもしれない。友チョコは買うより作るものだから、ご時世柄おのずと控えがちにもなる。友チョコというのは私が若かったころには無かった習慣だが、娘をもったおかげで存分に楽しませてもらった。日替わりで試作してカウントダウンしてゆくワクワク感。私自身は余りを夫とつまむくらいのものであったが、年中行事と呼ぶほどに親しんでいた。

ゆく春や身に倖せの割烹着　　　鈴木真砂女

にわかショコラティエたちは割烹着に身をすっぽりと覆っていた。脱ぐと思わぬところに小さな手形が付いていたりして。

割烹着は、高校時代の校章付きのものに始まり、そのときどきの愛用品がある。最近吸い寄せられるように買ってしまったのは、前で合わせるタイプのもの。着てみて驚いた。写真で見る祖母にそっくりだったから。もうチョコも作らないし、母の域は通り越してしまったのかもしれない。

（二〇二一年二月十五日）

不忍池の春風

二年前の春、体調に異変なく目が覚めるとうれしい、と書いた。まさかここに爆音を聞くこともなく、と加えることになろうとは。今テレビ画面で目にしているものが、過去の過ちの映像ではないことが切ない。

春の風やさしい人になりたいな

第十一回きごさい全国小中学生俳句大会で、このほど学校俳句研究会賞に選ばれた、東京都江東区立第二亀戸小四年、冨吉司さんの作品。ちょっと失敗しちゃった？　それとも何か嫌な目に遭ったの？　と声をかけたくなる。やさしい人で「ある」ことや「なる」ことより「なりたい」ことが数倍尊いと教わった。

三月十一日は、昨年末翡翠の飛翔を見届けた東京・上野の不忍池のほとりで過ごした。枯れた蓮を刈り取る作業の最終日でもあった。岸から二十五メートルを刈るそうで、目印のピンクのリボンが翻っていた。回収のいかだが出て、長い柄の鎌で掻き取り、最後はまとめてクレーンで吊り上げていたが、一方では腰まで浸かって掻き寄せる作業も。どことなく昭和風の光景に郷愁をかきたてられもした。

弥生十一日十四時四十六分の祈り

その日の同行者で池の近くに住む菅原有美さんの一句。彼女のご実家は岩手・陸前高田にあった。当時赴任中であった上海から泥まみれになって現地に入り、ご両親を仙台へ避難させ、それを機に日本へ異動した彼女である。その双眼鏡から、このたびの枯蓮刈りの情報がもたらされたのだ。体験者でなければ詠めない、詠んではいけない句があることを、改めて学ぶことにもなった。

（二〇二二年三月二十一日）

青と黄の祈り

初めてウィズコロナと聞いたとき、なんて嫌なことば！　と思った。だがこのところの往来を見ていると、皆コロナに慣れてしまったかのようだ。考えてみれば「新型」と呼んでいるが、人類がその存在を知らなかっただけのこと。開けてしまった箱を閉じられないのならば、上手にすれ違う方法を探るしかあるまい。

俳句の、というより媒体の投句欄においてコロナはすっかり下火である。ウクライナ危機、頻発する地震、政治不信……と話題に事欠かぬ、あいにくのご時世なものだから。せめて感染者数がこのくらい減ってくれれば万々歳なのだが。

中でもウクライナの国旗の色に心ひかれる人は多い。青と黄。「どちらが上でしょう」と問うたときに首を傾げる人には「青は空の色だそうな」と私自身も最近仕入れた情報をお裾分けしている。では黄は、と続けるとまず「菜の花」が登場する。

菜の花や月は東に日は西に　　蕪村

また「秋の田」の黄金色を思う人もいる。米を食う世代はことに。

黄金の波へ乗り出す稲刈機　若井新一

とっさに思い浮かべる景は生活習慣と切り離せないものだが、考える時間があると、次に「麦秋」が出てくる。

麦秋や共に生きむと歩みきて　遠藤若狭男

せめて思いを寄せたい。そういう心で詠まれた作品が、今日も各地で生まれているに違いない。

（二〇二二年五月二日）

ひょいと来る

人とも物とも出会うのは縁であるが、せっかくの出会いを生かせなかったと悔やみ、寂しく思うことがある。近年それが加速度的に増えてきたのは、自分の年齢もさりながら、年長の方の訃報に接することが多くなったからだ。

逆の例もある。何のご縁で最期までご一緒できたのかと思うような。最近、吟行の後の句会で〈しんがりの日傘なつかし青葉風　中島柚子〉を目にした。経緯をご存じない方には日傘と青葉風の季重なりの句だが、仲間にとっては得心の一句であった。

かつて、その日と同じ場所に「男の日傘を買いました」と現れた八十代の男性がいた。慣れぬ日傘を持て余し気味の姿が愛らしくて〈しんがりに日傘をたたむ○○さん〉（固有名詞ゆえ伏字に）と戯れ句を詠んだ者が（私だ）。ゆえに「しんがりの日傘」は季語であって季語でなく、むしろ青葉風によってべたつきを吹き払ったのは手柄というべきだろう。

その後も○○さんは皆勤だったが、半年後の吟行に姿を見せなかった。常ならば誰よりも早く現れた人であったが。

もうひとり来よ時雨傘傾けて　　高田正子

これらが皆の記憶に留まっていることにも、皆を信頼してことばを投げかけた作者にも、痛く感じ入ったのであった。

生も死もひよいと来るもの返り花　　有馬朗人

「ひよいと来る」は作者の到達した軽みの思想かもしれない。そんなことが少しずつわかるようになってきた。

（二〇二二年六月六日）

祇園囃子を聴きに

前世紀末に同世代の女性五人で始めた句会が、今月三〇一回目を迎える。当時は全員が子育て中で既存の句会への参加が難しかったから、自分たちに都合の良い句会を立ち上げたのだった。

以来二十有余年。今では月に一度のリモート句会と年に一度のリアル吟行が定例となった。あえてリモートと記したが、最初の通信手段は郵便であった。同窓会のような吟行は祇園祭に照準を合わせ、七月の京都で行うのだ。

新型コロナ禍により祇園祭も二〇二〇年は神事以外は中止となった。県をまたぐ人の移動も不可。〈どこよりも祇園祭の京遠し〉は私の嘆きの句である。

二〇二一年は休み山であった鷹山が復活し、何基かの山鉾が通りに立ち上がった。

鉾立の縄も木槌も濡らす雨　福本めぐみ

京近くに住むメンバーからの現場リポートを兼ねた一句だが、旅行は時期尚早と判断し、想望俳句を作り合うことにした。

宵山のいよいよ暮るる灯かな　山西雅子
灯に並ぶ浴衣の腰や鉾囃子　森賀まり

灯の入端の祭の街が匂い立つ。

身を寄せて戻り鉾待つ庇かな　栗原利代子

そうそう、新町通りを南下する鉾を待ち受けたこともあった。確か二〇〇九年だ。

鉾立ち上がるしんがりを祓ふべく　髙田正子

私のひいきは船鉾である。今年こそ本物を見に行くのだ。

（二〇二二年七月十二日）

季語の役割

立秋を挟んで二つの原爆忌が過ぎ、今年も八月十五日を迎えた。敗戦と降伏を告げる玉音放送があった日は昭和二十（一九四五）年の一回きりだが、俳句ではこの日を「終戦忌」「敗戦忌」と呼び、忌日として毎年追悼の心で過ごす意を表す。

いつまでもいつも八月十五日　　綾部仁喜

戦争を知らない世代が敗戦、忌日という語を使うことに申し訳なさを感じるせいか、私自身は「終戦の日」ということが多い。だが同じ語であっても、誰が使うかによってまるで意味合いが異なってくる。

終戦日妻子入れむと風呂洗ふ　　秋元不死男

育メンが家事に勤しんでいるのではない。不死男は戦前、新興俳句弾圧事件で検挙され、二年余りを獄に過ごした人。終戦によって一家はいわれなき罪名から解放されたが、もし勝戦であったなら、と考えると恐ろしい。不死男にとってこの日は平和を祈る日ではあっても、敗戦忌ではなかっただろう。

今年、何の話からかは忘れたが、学生に「終戦の日はいつ?」と問うたことがある。知らないという答えが返ってきてうろたえ、他の人に重ねて問うことはしなかったのだが、考えてみると私が二十歳のころの七十七年前といえば、ざっと日露戦争の時代になる。日露戦争か。教科書か歴史小説の世界だ……。いやいや。私は父や母から戦時の話を聞いて育った世代ではある。この季語は大切に守り、次世代に伝えていきたい。

(二〇二二年八月十五日)

熱戦の松山

八月末、俳句甲子園の新人審査員として松山へ行って来た。初参加とあって当日まで要領を得なかったが、次々に降って来るミッションをこなしながら、構築されたシステムの細やかさに目をみはった。今年で二十五回目の開催となったが、直近の新型コロナ禍はいうに及ばず、苦難が多々あったと聞く。ここに到る四半世紀のただならぬ道のりに頭が下がる。

一日目はアーケードでの開催とあって熱中症を心配してもいたが、初戦が始まるや面白さに熱中し、心配を忘れた。

川底も真水の色や夏休　　星野高士

彼ら彼女らの夏休みは、俳句甲子園へ向けてまさに「全集中」の日々であったはず。あいにくの第七波にも神経を尖らせながら、膨大なエネルギーを傾けてきたに違いない。

黒髪の母のその子の夏帽子　　岸本尚毅

高校生は私にとってもはや子世代ではない。かつての同級生には高校生の孫をもつ人もおそらくいる。この句とは逆に「その子」の「黒髪の母」に思いを巡らせることにもなった。もちろん支えたのは母だけではない。かくもひたむきな子らに育てあげた、若い世代への敬意がひたひたと湧きついだのであった。

青年の瀧に打たれしのちのかほ　　黒田杏子

勝ち抜いた喜びの涙も、敗退の悔し涙もたっぷり流したあとの高校生の姿も美しかった。なんだか全国に若い親類縁者ができた気分に、勝手にひたっている。

（二〇二二年九月十九日）

都心の田んぼに

晩秋の小石川後楽園（東京都文京区）を歩いた。賑やかな東京ドームや後楽園遊園地に隣り合う水戸藩・徳川家ゆかりの庭園である。後楽園とは「天下の憂いに先だって憂い、天下の楽しみに後れて楽しむ」を踏まえているそうだが、かの水戸黄門・光圀公の代に完成したと聞くと、勧善懲悪の諸国漫遊記はお話に過ぎないとしても、納得する気分になる。ぜいたくな作りの広大な庭であるが、中に小さな田がある。刈入れはとうに終わったらしく、刈株から緑の芽が出ていた。

穭《ひつじ》田に立ち目的のある如し　　鈴木六林男《むりお》

「穭」は稲のひこばえのことである。そのまま育ち穂が出ることもあって、野の鳥を喜ばす。「穭田」は今年の役割を一通り終え、黄門様よろしく余生を楽しむご隠居といったところか。

帰りの顔は、少し上気して美しかった。したいことを諦めず、できるできないを見極め、し得る方法で成し遂げる。あっぱれなその先達は〈霜柱昔のやうに踏んでみる　緑子〉等を遺された。

さて今回不信心な私たちが真っ先に向かったのは石原裕次郎の墓である。この寺に眠る著名人は多いが、道案内の矢印は裕次郎の墓のみを指している。墓域の一番奥に位置するその墓へ着くころ、雨はすっかり上がり、青空が見えてきた。

天地の間にほろと時雨かな　　高浜虚子

晴男晴女の面目は保たれただろうか。

（二〇二二年十二月五日）

《初出》

Ⅰ　耳を澄まして

「日本経済新聞」夕刊　社会面

二〇〇八年四月五日～二〇一一年二月一九日／五月二十一日～

二〇一二年三月十日

「日経電子版」二〇一一年三月二十六日

Ⅱ　出会いの季語

「毎日新聞」歌壇・俳壇欄

二〇一八年四月十六日～二〇二一年十二月五日

あとがき

第Ⅰ章は「日本経済新聞」に、第Ⅱ章は「毎日新聞」に掲載されたものをまとめました。「日本経済新聞」のコラムは二〇〇八年四月から二〇一二年三月まで「耳を澄まして　あの歌この句」のタイトルのもと、歌人二人俳人二人で書き継いだものです。私にとっては人生初の連載でしたが、毎回撮りおろしの写真が付くという贅沢極まりないものでした。掲載は土曜日の夕刊の社会面でした。

社会部の担当デスクが選んでくださった私の肩書（?）は「二女の母」でしたから、ネタ探しの矛先は自ずと当時中高生であった娘たちに向きました。読み返すと娘たちと一緒に若い私がいて、くすぐったい気分です。

ほぼ毎月一回のペースで四年もの間書かせていただいたことは、天恵であったと思えます。感謝に堪えません。宝箱に仕舞っておく心持ちで、掲載順ではなく、大きく四季のひと巡りに並べ替えることにしました。

「毎日新聞」のコラムは二〇一八年四月からですから、二つの章の間には十年の隔たりがあります。二〇二三年一月現在執筆継続中で、こちらでは見出しを考える楽しみ（苦しみ）も味わっています。世の中の動きを感じながら、自分自身も変わっていきたいという思いから、掲載された順にしています。

どちらも私の個人的な体験に基づいていますが、季語や俳句を立て、私自身も実作をする者として書いています。「毎日新聞」のコラムはタイトルを「出会いの季語」としましたから、いつしか出会い頭の衝撃をまず自分が面白がるスタンスをとるようになりました。即ちそれが俳句を詠むということではあるのですが。

季語が「あそぼ」と呼びに来てくれたときに、「は・あ・い」とすぐに飛び出せるよう、いくつになっても体勢を整えていたいと思います。

エッセイ集をまとめるように勧めてくださった「藍生」主宰・黒田杏子先生、帯文を執筆してくださった長谷川櫂様、お受けくださったコールサック社の皆さま、そしてこの本がきっかけとなって新たなご縁を結ぶことになる皆々さまに、心から感謝申し上げます。

二〇二三年一月　春近きあした

高田　正子

著者略歴

髙田正子（たかだ　まさこ）

1959年岐阜県岐阜市生まれ。

1990年「藍生」（黒田杏子主宰）創刊と同時に入会。

1997年藍生賞受賞。

句集に『玩具』（1994年／牧羊社）、『花実』（2005年／ふらんす堂／第29回俳人協会新人賞受賞）、『青麗』（2014年／角川学芸出版／第3回星野立子賞受賞）、『自註現代俳句シリーズ　髙田正子集』（2018年／俳人協会）。

著書に『子どもの一句』（2010年／ふらんす堂）、『黒田杏子の俳句』（2022年／深夜叢書社）。

ふらんす堂通信投句欄「花実集」選者（2019年1月～2023年4月）、中日俳壇選者（2023年4月～）。

石炭袋

日々季語日和

2023年4月1日初版発行
著者　高田正子
編集　鈴木比佐雄・鈴木光影
発行者　鈴木比佐雄
発行所　株式会社 コールサック社
〒173-0004　東京都板橋区板橋2-63-4-209
電話 03-5944-3258　FAX 03-5944-3238
suzuki@coal-sack.com　http://www.coal-sack.com
郵便振替　00180-4-741802
印刷管理　（株）コールサック社　制作部

装幀　松本菜央

落丁本・乱丁本はお取り替えいたします。
ISBN978-4-86435-558-2　C0095　￥2000E